U0937284

孙犁最喜欢的藏书票
孙晓玲提供

無為集

耕堂文录十种

孫犁 著

天津出版传媒集团
百花文艺出版社

图书在版编目（CIP）数据

无为集 / 孙犁著. —天津：百花文艺出版社，2012.5(2023.4 重印)
（耕堂文录十种）
ISBN 978-7-5306-6107-9

Ⅰ. ①无… Ⅱ. ①孙… Ⅲ. ①中国文学-当代文学-作品综合集 Ⅳ. ①I217.2

中国版本图书馆 CIP 数据核字(2012)第 091437 号

无为集
WUWEI JI
孙犁 著

出 版 人：薛印胜
责任编辑：徐福伟
封面设计：郭亚非　　**版式设计：**郭亚红
出版发行：百花文艺出版社
地址：天津市和平区西康路 35 号　　**邮编：**300051
电话传真：+86-22-23332651（发行部）
+86-22-23332656（总编室）
+86-22-23332478（邮购部）
网址：http://www.baihuawenyi.com
印刷：天津新华印务有限公司
开本：787 毫米×1092 毫米　1/32
字数：134 千字
印张：8.875
版次：2012 年 6 月第 1 版
印次：2023 年 4 月第 2 次印刷
定价：64.00元

如有印装质量问题，请与天津新华印务有限公司联系调换
地址：天津东丽开发区五经路 23 号
电话：(022)58160306　邮编：300300

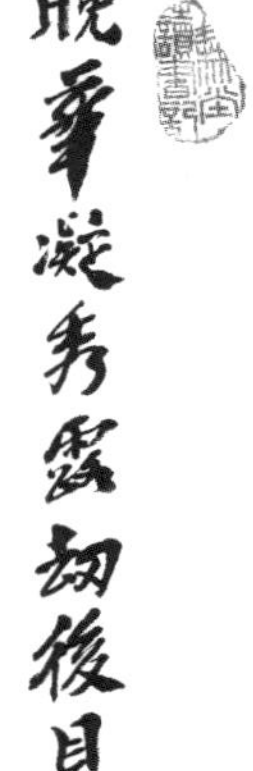

孙犁送给女儿晓玲的书法手迹，乃抄录自曾镇南为孙犁晚年十本小集所作的题诗,其中嵌入了这十本小集的全部书名

一九八一年孙犁在天津北郊

一九八三年孙犁在天津多伦道寓所

二十世纪八十年代孙犁在天津多伦道寓所

目 录

小 说

散　文

杂　文

读书记

书　简

一个朋友

朋友姓张。我和他认识,大约在一九四〇年。他那时好像在冀中区党的组织部门负责。我看到一些群众团体的主任们,向他汇报工作,对他都很尊重,他的态度也很严肃。我那时还不是党员,他对我很客气,对别的当时所谓“文化人”,也很和气。

当时战争形势很紧张,他却同一个妇女住在一家农院。我没有和那女的说过话,但看出张和她过得很热乎。张的家乡,是深县。

不久,我就到延安去了,张也到了那里。他住的是党校一部,学员都是地方上的老党员,待遇较好。我在鲁艺,生活苦一些。他给我出个主意:每星期日,到他那里吃一顿客饭,也无非是白面馍,肉菜之类,这在当时就算够好的了。

我也考过一次党校，是六部。只记得去答了几道题，在同乡弓琢之的窑洞里睡了一夜，也不记得考取了没有，就又回鲁艺去了，一直到抗战胜利。

进城以后，张在一个区里当区长，按说，在天津市，这个官儿就够可以的了。后来又听说，抗日胜利后，他曾经分配到东北，当过哈尔滨的市委书记。因为做买卖，被撤掉了，才又到了天津。

我那时，已经安了一个简陋的家，见到老朋友，老伴给他煮了一碗挂面，卧上一个鸡蛋，他吃得很高兴。又能和群众打交道，一下子就和我一家人都熟了。

不久，他又从区长的职位掉下来，当了文史馆的秘书长，听说又是和买卖有关。

官运不好，文史馆又是个闲散机关，他有些寂寞。他有一间很大的办公室，没事我就到他那里玩玩，并观看文史馆的藏书。

有一天，张打开他的书包，拿出两本书：一本是《契诃夫小说选》，一本是我写的《风云初记》。笑着说：

“老孙，我很羡慕你们，钱来得易，名声又好听。我也要写一本小说，你看怎样？”

我说：

"很好呀。你是有生活的。"

他说：

"我生活比你们多得多，就是不会写。所以就先拿你的书当蓝本，看你是怎么写的，然后，我比猫画虎的写去。"

"什么内容呢？"我问。

"自传体。"他说着，叫我看墙上挂的一张画。"这是一位画家给我画的行乐图。"

我站起来，凑近看了看。那是一幅山水，只是在山顶的崎岖小道上，画着一个一寸多高的人，身上好像还背着一个筐篓。

张说：

"那是我贩卖文具时的写照，当然是为了掩护，我是给党做地下工作。"

随后，他又向我介绍他的简单经历：自幼贫苦，好读书写字，吃过教饭(家乡俗语，就是信奉天主教)，帮过文人学士的忙，很早就参加了党，用他的原话，就是："又吃起党饭来了。"

那两本书，在他书包里装了很久，见面就拿出来叫我看。我却从来没见他写过一篇小说。

在新的环境里，他又找到了新的乐趣。他住在岳阳路一个小独院里，我去过几次。爱人是在哈尔滨结婚的，是个年轻护士。屋里有一部同文书局印的二十四史，用二十四个木匣装着，挡了一面墙。其他三面墙上，都是齐白石、吴昌硕、陈师曾的画。他收集的字画，除了挂的，还装满了两只大木箱。

那时画很便宜，也很多，他每天跑商场。买了画，装裱一下，再卖给公家，可以赚一倍。或是先交杨柳青画店水印，得到一些好处；再交出版社印成画册，又得一些好处，原画仍可高价出售。这些情况，是我亲眼看到的。据说，有一幅石涛的画，本是假的，他利用文史馆的名义，找了些专家，鉴定成真的，卖给了东北一家博物馆，得了一笔大款，又据他说，他已经把这笔款，捐给了家乡。

他还跑古书店，古玩店，委托行，和那些经理们都很熟。甚至进入私户，和经纪人一起，收买一些物品。我跟他到过一家绰号“青花孙”的人家，去买硬木家具。那个经纪人，据他说，曾是曹锟的秘书。

四清时，这些问题被提了出来。他很恐慌。紧接着，文化大革命，他竟跳楼自杀了。不知道详细情况，现在，也没听说开过追悼会。他的问题的结论又如何？不好去问他的家属,怕引起人家的伤痛。当年的朋友们,也多年老失聪,问答不便,不好去打听了。

他给我买的硬木家具,文化大革命以后,无处搁放,我早已廉价处理了。此外还有一件小檀木匣,一件鸡血石印章,还在手上。印章刻的是:滹川孙氏。他说我们那一带的古文家,都这样刻。我不是古文家,我把它磨掉了。四清时传说,他给我们买东西,也从中渔利,我是不相信的。我比他收入多,常常是这样:他拿一些我喜欢的东西来,说是送给我。我多给他送一些钱去,他也收下,并说一句:“不值这么多。”倒是真的。

近来,使我常常想到他的,是一本叫做《吴越春秋》的书,商务万有文库本。张那时很想看这本书,我借给他了,恐怕他给弄丢了。他用完后,很快给我送回来,一点也没弄脏,他是深深知道我们这些人的脾气的。这本书就插在身边书架上,时常触动我的心。朋友们有各式各样的性格,他们的下场,什么样的都有。

有一次我去文史馆, 看见他的办公室里放着半口袋花生米。他正在叫传达室的老头, 到街上去招呼些小贩来,把它发卖掉。回来,我曾对正在灯下做活的老伴说:

“我看张这个人,有做买卖的瘾。”

老伴叹了一口气,说:

“做买卖还能比做官好?他放着那样大的官,不好好做,却去卖花生,真怪!”

芸斋主人曰:张之为人,温文尔雅,三教九流,无不能交。贸易生财,不分巨细。五行八作,皆称通晓。惜所处之时,其所作为,为舆论之大忌,上述细节竟使殒命。延命至今,或可成为当世奇才。罗隐云:得之者或非常之人,失之者或非常之人。信夫!

一九八六年十二月十一日下午写讫

杨 墨

老友杨墨，山东人。高大如杨，状其身体；粗黑如墨，形其皮肤。非本名也。长相虽然如此，性格却是很温和，很随便的。

我们最初相识，是一九三九年冬季，在晋察冀边区参议会上。那时，我是记者，他是美术工作人员，参与大会堂的建筑和装饰。他那种性格，正是我喜欢的，很快就熟了。他比我小一岁，曾在北平京华美专学习过。在山坡上他那间办公和住宿的小房子里，墙上挂着一块白布，上面是一幅画图的起草稿。只是在右上角，涂抹了一些颜色，什么景物，我已忘记。这幅刚刚开始的画，一直挂在那里，直到散会，也没看见过他增添一笔。过去已经五十年，我可以断定：如果这块白布，他还保存着，一定还是老样子。

因为，这么多年以来，我见他画过油画，画过国画，练过书法，玩过雕塑，总是只有个开始，没有个结果，没有出过像样的成品。他玩弄这些东西，只是为了给人一种印象：这是个艺术家，美专毕业，会这些手艺。就像走江湖卖艺的人一样，只拿刀枪做幌子，光说不练。

什么时代，什么队伍，也重视学历和资格。不练也不要紧，学历在那里摆着，资格一年比一年老。

一九四三年，我们一同到延安的鲁迅艺术文学院。他在美术系做研究员，我在文学系。正在整风过后，学院的学习，并不紧张。夏天，我们一同到山沟里洗澡、洗衣服，吃西红柿。他有一把妇女们做针线用的剪刀，不知从哪里弄来的，一直放在书包里。我们头发长了，他给我理，我给他理。我很少看见他读书，或是画画。但谈起来，就滔滔不绝，他的美术方面的知识，还很是渊博的。

他告诉我，他正在追求文学系的一个绥德来的女生。延安生活，非同敌后，吃得饱，又安定，滋生这些欲念，是很自然的。但男性同女性的比例，是十八比一。许多恋人，都是长期处在一种游离状态，不易明朗。杨墨的事情，也是这样。

一九四五年八月，日本忽然宣布投降。十五日晚上，延安军民，狂欢庆祝，火把游行。我思念家人，睡下的比较早,半夜之间,杨墨来了,告诉我,他的事情,已经在延河边成功。先是挨了一个嘴巴,随即达到目的。说完又匆匆走了。

后来我才知道,爱情,有时也会像行情,战局的突然变化,使交易所的某种证券,立刻跌落了很多。人们就要奔赴各地,原有妻子的,也有望重新团圆。原处于极端矜持状态的女同志,以其特有的敏感,觉察到了这一点,于是纷纷向男友们,张开了怀抱。

我出发了, 目的地是华北。杨墨因为还有一些纠葛,暂时没走。

我回到家乡,第二年,父亲病故。有一天,杨墨来到我家里,说和那个绥德女子结了婚,在路上,她又跟别人到东北去了。我没有仔细问。我想给父亲立个墓碑,请他设计一下,就把他安排在外院,和我的一个堂叔父同住。

这间小屋,每晚总是有一些人来闲谈。问到杨墨还没有家室,就有一位惯于说媒的大娘,愿意给他介绍。正好村中有一位姑娘,是妇女队长。村中两派不和,有一派说她和武委会主任不清不楚。这本是为了打倒武委会主任,却连累得这个农家姑娘,上城下界,对簿公堂。家里人觉得难堪,急着把她聘出去。杨墨又是个干部,不会有什么纠缠。杨墨给了媒人一份厚礼,三说两说就成了。杨墨又把一枚金戒指,交给了女方。这么多年,我从来不知道他有这个宝贝。很快就在我们家的西屋结了婚。

结婚以后,不知他又从哪里借来一匹马,把女人驮到河间去了,那里是区党委所在地。

办理完父亲的丧事,我就到博野一带下乡去了。听说杨墨向党委宣传部长申请了一批款,又在滹沱河北找到一个有胶泥,并有烧制陶器的旧窑的村庄,搞泥塑去了。每逢我回到区党委,就有一些文艺界的朋友,略带讽刺地说:

“老孙啊,你的老战友要成立泥人协会了。”

他并没有成功,他带着老婆,又在当地找了一个青年,给他做饭。他捏了几个泥战士、泥马。群众瞧不起他这个工作,以为是叫化子干的勾当。坐吃山空,那笔款子,不到半年,就花光了。人们对他很不满意,并涉及到我,因为他常常打着我的幌子。我并不是什么要人,但在这家乡一带,还是有些人缘的。

摊子结束以后,他又回到我的村庄,并把他烧制的一匹红马,送给我的孩子,算是答谢我妻子,在他结婚时的帮忙。他笑嘻嘻地问我的女人:

“你看我做的这马怎么样？像吗？”

我的女人拿在手里，看了一会儿，也笑着说：“像是像，就是尾巴太粗了一点，比马脖子还粗！”

芸斋主人曰：近有一青年，河南淮阳人，送我当地土产泥虎、泥蛙、泥鸟各一只。形制古朴，并有响声。惜泥虎腹部，为牛皮纸做成，不如过去之以软皮做成，更为可爱耳。然虎头鲜艳生动如故，余藏之书柜，珍视如出土文物。并因此忆及老友逸事，略记如上云。

一九八七年四月七日写讫

杨墨续篇

一九四九年，干部进城以后，杨墨以他的专业资格，当了这个市的美术家协会秘书长，主任是他在延安时的同事。杨墨有一个特点，与朋友相处，很合得来。如果这个朋友成了他的上级，那就会发生矛盾，即使他的位置，原是这位朋友给他安排的。另外，每到一处，最初几天，表现很好，工作也卖力。但是，与上级发生矛盾之日，也就是他不再干活之时。立刻就变成了另外一个样子。

他每天早起逛早市；午后跑北大关、文昌宫的小摊；晚上是去南市一带的夜市。他很俭朴，买东西很苛刻。那些熟识他的小摊贩，当着他的面就说：

“这位买东西，必是像白捡一样。”

他看准一件东西，不知要跑多少趟，慢慢和小贩磨价钱，磨到最低限度，才买了回来。

他买的那些东西，我并不喜爱，总是破破旧旧的，黑漆漆的，样子奇怪的。他说这才够得上文物，够得上年头，以后可卖大价。

那时，我也爱逛小市，常常结伴同行。每到一处，那些小贩，对我们都是白眼相加，甚至口出不逊。我就常常先买他们两件，也不还价，还是改变不了这种冷调。杨墨对这些毫不在乎，甚至说：

“这些人，买卖破烂儿，都快饿疯了。”

他对我买的东西，也不满意，他说：

“到这里是买旧货，你只图新鲜漂亮！不过你喜欢，买了也行。别不还价呀！”

我们逛早市，就一块吃一些炸糕，逛南市，就吃一碗煮肠，很有风味，也很有趣。他是小吃内行，不吃正饭，专吃这些东西。那时，不知道为什么有那么多闲人，早市南市，总是挤不动的人流。

时间不长，美协的工作，就干不下去了，他又活动到北京一家报社。他的一个熟人，在那里管美术。不久，又和这个熟人干了起来，回到这个城市，不再去上班。这一次后果可是严重，先是开除党籍，后是开除公职，详细情形，我并不知道。

他像做梦一样，一下变成了无业游民。那时，我得了神经衰弱症，不能工作。他就常来找我，一块出去玩。他手里托着一个鸟笼子，里面养着一只红脖。有时，到他的住处坐坐，他那小小的房间里，还飞着一只黑色的小鸟。他说天津人喜欢养这种鸟，叫得很好听。我看他的两只鸟，都像主人一样，羽毛不整，没有什么精神。

有一天，我们两人转到了干部俱乐部的后门，那里有一些树木。我正在引逗他手里的红脖，市里的文教书记，走了出来，他和我们都很熟，好像是为我们的表现害羞，急急转身回去了。

这种场面，在目前或不算什么。在五十年代，干部提笼架鸟，游荡于冠盖进出之地，确使两方都会感到难堪。

杨墨并不在乎，严肃地对我说："没有什么。这鸟，目前就是我的一切，也可以说，我的救命恩人是鸟，并不是那位书记。还有，我买的那些破烂，确实给我帮了不少忙。现在，我就是靠卖它们吃饭。"

我听了很觉凄惨，神经衰弱，差点掉下泪来。这些年，我见过很多干部的各式各样的不幸遭遇，还没有见过像他这样的断炊下场。他有时向我借点钱。另一位朋友，请他到家里教孩子们画画，是为了照顾他的生活。

这样过了两年,朋友们给他在街道工厂,找了个临时工作,每月工资四十元。

有了工作,也就很少见到他。偶尔相遇,他说,现在又交了一些新的朋友,找到了新的生活乐趣。

三中全会以后,他,他的爱人,他的儿子,多次到北京,找中组部,找那个报社,进行申诉,要求落实政策。政策终于得到一步步的落实,今年春节,杨墨的儿子,来告诉我:他父亲的党籍恢复了,级别也恢复了,就剩下补偿过去的薪金了。

他的儿子,高大黑粗,能活动,敢讲话,有办法,颇具父风。

芸斋主人曰:余与杨君,相识近五十年,迄今无大龃龉。虽非患难之交,亦曾同甘共苦。性格实不同,余信天命,屈服客观,顺应自然。而杨君确认:事在人为,主张能动。彼之一生,有顺有逆,然未尝改移信念。今国家眷顾老人,政策落实及其身,精神不减,体胖有加,亦可谓同辈中之一员福将矣。

一九八七年四月九日写讫

冯　前

在朋友中,我同冯前,可以说相处的时间最长了。

一九四五年,我回到冀中,在一家报社认识了他。他说,其实我们在一九三九年就见过了。他那时在晋察冀的一个分区工作,我曾到那里采访,得到了一本油印的田间的诗集,就是他刻写的。不过那时他还只十七岁,没有和我交谈罢了。

冯前为人短小精干,爽朗、热情,文字也通畅活泼。我正奉命编辑一本杂志,他是报社编辑,就常常请他写一些时事短评之类的文章。

这家报纸进城以后,阴错阳差,我也成了它的正式工作人员。而且不愿动弹,经历了七任总编的领导。冯前进城以后,以他的聪明能干,提拔得很快,人称少壮派。他是这家报纸的第三任总编。

我原以为,我们是老相识,过去又常请他看作品,很合得来,比起前几任总编,应该更没有形迹。其实,总编一职,虽非官名,但系官职之培基,并且是候补官职的清华要地。总编升擢就是宣传部长,再升,则为文教书记。谁坐在这个位置上,也不能不沾染一些官气。

我体会到这一点以后,当众就不再叫他冯前,而是老冯,最后则照例改为冯前同志了。

但从此,我们之间的交谈,也就稀少了,虽然我们住的是邻居。我写了什么新作品,除去在报纸发表,要经他审阅,也就很少请他提意见了。

不久,就来了文化大革命。七月间,大家在第一工人文化宫心惊肉跳地听完传达,一出会场,我看见人们的神情、举止、言谈,都变了。第二天,集中到干部俱乐部学习。传达室告诉我:冯前同志先坐吉普车走了,把他的卧车留给我坐。当时,我还很感激,事到如今,还照顾我。若干年后,忽然怀疑:当时,他可能是有想法的。他这样做,使群众看到,在机关,第一个养尊处优的不是总编,而是我。

到了俱乐部,一下车,一位在大会工作的女同志知道我很少出来开会,就神秘地说:

“你也来了?一进来,可就出不去了。”

学习一开始,那种非常的气氛,就使我在炎热的季节,患起上吐下泻来,终于还是请假出来了。

冯前在学习班作了重点发言,批判了文教书记,也就是他的老上级,提拔他担任总编的人。学习结束后,一天夜里,他叫他的女儿到我屋里传信:那位书记自杀了。这时,我已经被指为是这位书记的死党。

在机关,我是第一个被查封“四旧”的人。我认为,这是他的主意。当时的“文革”,还是在“御用”阶段,主事的都是他的亲信。查封以后,他来到我屋里看了一下,一句话也没说。也好像是来安慰我。当天晚上,又派人收去了我从老区带来的一支手枪。

不管怎么样抛我,我总不是报社的当权派。他最后还是成为斗争的重点,被关了起来。后来,我也被关了起来,有传说,是他向军管会建议的。不过,他的用意只是:我太娇惯了,恐怕到了干校,生活不能适应,先关在这里,锻炼锻炼。如果是这样,是情有可原的。何况,在我去干校之时,一捆大行李,还是他替我背到汽车上去的。

我重友情,每逢见到他在会场上挨打,心里总是很难过。而他不仅毫无怨言,也毫无怨容。有一次,造反派叫我们在报社大门安装领袖大像, 冯前站在高高的梯子上操

作,我在下面照顾过往的行人。梯子颤颤悠悠,危险极了,我不禁大声喊,

"冯前,当心啊!"

他没有答言,手里的锤子,仍在当当地响着。他也许认为我这样喊叫,是多余,是不合时宜的。

每逢批判我的时候,造反派常叫他作重点发言。当着面,他也不过说我是遗老遗少——因为我买了很多古书。架子很大,走个对面,也不和人说话。其实,我走在路上,因为车马多,总是战战兢兢,自顾不暇,就是我儿子走过来,我也会看不清的。

我听过他的多次检查,都忘记了。印象最深的是他谈到他的升官要诀:一、紧跟第一书记;二、对于第一书记的话,要能举一反三。

可惜这次"革命",以匪夷所思的方式进行,使得一些有政治经验的官员,也捉摸不到头绪,他所依靠的第一书记,不久也自杀了。冯前承认自己失败了。随即向造反派屈服,并且紧跟。

在运动后期,我们一同进了毛泽东思想学习班,有一个造反派头头跟着。学习期间,不断开批判会,别人登台发言,不过是在结尾时喊几句口号。他发言时,却别出心

裁:事先坐在最后一排,主席一唱名,他一边走,一边举手高呼口号,造成全场轰动,极其激昂的场面,使批判会达到出乎意外的高潮。

在互相帮助时,我曾私下给他提了一点意见:请他以后不要再做炮弹。他没有说话,恐怕是不以为然。这也是我最后一次给他提意见。

他也曾向我解释:

“运动期间,大家像掉在水里。你按我一下,我按你一下,是免不掉的。”

我也没有答话。我心想:我不知道,我如果掉在水里,会怎样做。在运动中,我是没有按过别人的。

运动后期,他被结合,成为革委会的一名副主任。我不常去上班,又在家里重理旧业,养些花草。他劝告过我两次,我不听。一天,他和军管负责人来到我家,看意思是要和我摊牌。但因我闭口不言,他们也不好开口,就都站起来,这时冯前忽然看见墙角那里放着一个乡下人做尿盆用的那种小泥盆,大声说:

“这里面有金鱼!”

不上班和养花养鱼,是文化大革命中他们给我宣传出去的两条罪状。军管人员可能认为他这样当场告密,有些过分,没有理他就走了。

芸斋主人曰:粉碎“四人帮”以后,人们对冯前的印象是:大风派。谁得势,靠谁;谁失势,整谁。也有人说:以后不搞运动了,这人有才干,还是可用的。如果不是年龄限制,还是可以飞黄腾达的。后之论者,得知人论世之旨矣!

一九八七年四月十五日写讫

无 花 果

我读高中时，有一门课程是生物学精义，原著者是日本人，忘记了名字，译者汤尔和，民国初年是很有名的人物。讲师还是在初中时教我们博物的张老师，河南巩县人，我对他印象很好。

这本书很厚，商务印书馆出版，布面精装，很长时间才学完了。我每次考试，分数不少，但现在除去记得一个门得耳定律，其余内容，完全忘记了。

我还记得，讲到无花果时，张老师带我们去参观了一次校园。校园也是新建立起来的，地方很小，占了操场的一角，雇了一个工人。不知为什么，在我的印象中，这所中学，从校长、训育主任、庶务员到这个校园管理工人，表情都非常严肃，脸总是板的很紧，问一句，说一句，从来没有一丝笑容。在校园中，我们轮流着看了无花果和含羞草，张老师热心地在一旁讲解着。但是,无花果留给我的印象并不深,还不如含羞草。后来也很少再见到这种植物。

四十三岁时,我病了,一九五八年春季,到青岛休养。青岛花木很多,正阳关路的紫薇,紫荆关路的木槿,尤为壮观,但我无心观赏。经过夏天洗海水浴,吹海风,我的病轻了一些,到了秋末冬初,才细心观察了一下病房小院的景色。这原是什么阔人的别墅,一座三层的小楼,楼下是小花园。花园无人收拾,花卉与野草同生。东墙下面,有几株很大的无花果,也因为无人修剪,枝杈倾斜在地上。

天气渐渐凉了,有些为了来避暑的轻病号都走了,小楼就剩我一个人。有一个护理员照料这里的卫生。她是山东蓬莱县人,刚离家不久,还带有乡村姑娘的朴实羞怯味道。她虽然不管楼房以外的卫生,却把小花园看作她的管理范围,或者说是她的经济特区。花,她可以随便摘了送人,现在又把无花果的果实,都摘下来,放在楼下一间小房里。

我因为有病,不思饮食,平日有了水果,都是请她吃。有一天,她捧了一把无花果,送到我的房间,放在桌子上说:“我也请你吃水果!”

我说:“你知道,我不爱吃水果。”

她说:“这水果不同一般,能治百病,比崔大夫给你开的药还有效!”

我笑了笑说:“我不相信,没听说无花果可以治神经衰弱。”

她说:“到这里来的人,都说是神经衰弱。表面看来,又不像有病。究竟什么是神经衰弱?为什么我就不神经衰弱?”

我说:“因为你不神经衰弱,所以也没法和你说清楚。每个病人的情况也不一样。大体说,这是一种心病,由长期精神压抑而成,主要是控制不住自己的感情。对自己不喜欢的,嫉恶如仇;对自己喜欢的,爱美若狂。这种情绪,与日俱增,冲动起来,眼前一片漆黑,事后又多悔恨……”

她听了,笑了起来,说:“那样,无花果治不了你的病。不过,它还可以开胃口,补肚子。你也别不给我面子,好歹吃一个。”

她说着从桌子上捡了一个熟透了的深紫色的无花果,给我递过来。正当我伸手去接的时候,她又说:“要不,我们分吃一个吧。你先尝尝,我不是骗你,更不会害你。”

她把果子轻轻掰开,把一半送进我的口中,然后把另一半放进自己的嘴内。这时,我突然看到她那皓齿红唇,嫣然一笑。

这种果子，面面的，有些甜味，有些涩味，又有些辣味。

吃了这半个无花果，最初几天，精神很好。不久，我又感到，这是自寻烦恼，自讨苦吃，平空添加了一些感情上的纠缠，后来，并引起老伴的怀疑，我只好写信给她解释。她把信放在家中抽屉里，不久就文化大革命，造反派把信抄了去，还专派人到青岛去调查，当然大失所望。

文化大革命，同院的人，把我养的好花，都端了去。他们花没养活，有些好的瓷盆，也都给打碎了。这些年，社会秩序不好，经常有人进院偷花，我就不再花钱买花。有时自己种些草花，有时向邻居要些芽子栽种。后邻刘家有一棵大无花果。在天津，这种花并不名贵，市民家里，常常有之。我向他要了一小盆，活了，但冬天又冻死了。后来又插了一棵，有了经验，放在有炉火的屋里，现在已经长得像棵树了。它无甚可爱，只是春天出叶早，很鲜很嫩，逗人喜欢。放在屋门口，我每天晒太阳的地方，与我为伴。家里人说，叶子有些怪气味，劝我把它移开一些。我说算了吧，不妨事的。

文化大革命刚刚结束，老伴去世，我很孤独寂寞，曾按照知道的地址，给那位蓬莱县的女同志写过一封信，没有得到回信。这也是我的不明事理，痴心妄想。在那种时候，人家怎么会回信呢？算来，她现在也该是五十多岁的人了。

芸斋主人曰：植物之华而不实者，盖居十之七。而有花又能结果实者，不过十之三，其数虽少，人类实赖以存活。至于无花果，则植物之特异者耳，故只为植物学所重，并略备观赏焉。

一九八七年五月十五日下午至晚写讫

十六日晨起修改，大风

颐和园

三十年代初,我在北平一所小学校当庶务员时,每逢清明节,教职员一同到郊外游玩,曾到过香山碧云寺、卧佛寺,却不记得到过颐和园。那时颐和园的门票是大洋一元,我每月所得只有十八元,而且不久也就失业了。

六十年代初,我却有机会在颐和园住过两次,每次总在十天以上。我所属的文艺团体,在颐和园设了一处休养所,请了一个厨师。休养所在靠近排云殿的西边山腰上,游人不常到之处,很是安静。有三四间房子,分里外院。站在里院的平台上,可以瞭望昆明湖的全景。平台下面还有一片竹子,有一股泉水,淙淙流过。这个所在,除去上下山不方便,真是一处写作和休息的好地方。

厨师是山东人,很年轻。他本来已经考上了大学,却愿意放弃学业,来这里做饭。他从老家把老婆孩子接来,住在里院一间小房里。工作也不累,每天最多也就只侍候三四个人的伙食,饭菜也很简单。而且只是夏天有客人,到冬天,就剩下他一家人自由自在,看守房子了。

别的机关,也在园里设休养所,有的房子还很多,不常有人来住。为了阻止游人,大门关闭着,写上“宿舍”二字。六十年代的颐和园,当然没有八十年代的游人多,但比起解放前,游人还是大大增加了,人品也复杂了。星期天最热闹,多数人是游排云殿,或在昆明湖里划船。也有些好寻幽探胜,到处乱跑,走到这些休养所门前,吃了闭门羹,随手在地下捡一粉块,在“宿舍”旁边,另题“狗窝”二字。奇怪的是,这种题字,管理人员也不及时擦掉,致使两种题字长期并存,相映成趣。

另外,因为这些休养所不常有人住,管理人员少,也容易成为一些为非做歹之人的逃匿薮。我住的休养所,围墙很低,大门是个栅栏。我好静,一个人住在外院,有一天午睡,忽然听见从后山,跳进两个人来,到窗前一看,一男一女,服装都没穿好,想是在山洞里苟合,被人发觉。两个人在我院里,喘息稍定,穿好衣服,迈过栅栏,从容而去。

第一次陪我住进休养所的是H,文艺批评家。团体所属一家理论刊物的副主编。他是晋察冀的干部,和我是从一个山头下来的，进城以后，这是第一次见面。H 素来老成持重，为我所敬服。他知道我大病初愈，对我照顾得也很好。

进园第一天，吃过晚饭，天气还早，我们到附近散步，然后爬到一个山顶，坐在草地上闲谈，并看落日。落日的余晖，照在我们的身上，西边玉泉山一带的山石林木，也沐浴在光辉之中。我们一同在太行山麓，战斗八年之久，那时吃过晚饭，一同上山玩玩，和目前的情景，是相同的。

那时虽然衣食不继，战斗频繁，但一得到休息，例如并肩躺在山坡上，晒着太阳，那心情是十分美妙的，不可言喻的。闭上双目，充满幻想，希望在前，有幸福感。现在，我病后虚弱，他身体也不很好，工作任务很重。这次进园，一是为了陪我，二是为了给刊物写一篇指导当前思想斗争的社论，带来了一大堆材料，经典著作，准备随时参考查引。

他问了问我得病的原因和近来的情况。我只是简单地说了一下，并没有敞开肺腑，和他详细诉说，胜利以后，个人在生活和感情上，遭到的变故、挫折和苦恼。这些年，即使是在朋友至交面前，大家都不习惯谈个人的私事。

他沉默了很久，然后还是用他那沉重短促的语气说：

“你的大脑皮质太疲劳了。”

他住在里院，工作又很忙，除去吃饭之时，我们谈话的机会也不多。我很寂寞，写信给住医院时，结识的一位护士，她在休息的时候，就常买些吃食来看我。H遇见过几次。每逢天晚，我送走这位女客时，他总是陪我，一同走到园门外的汽车站。他做过政治工作，知道这种事情，不好详细过问，又不能不关心。他是怕我一时冲动，在天黑路暗，四处无人时，发生什么意外。那时，说良心话，我确实没有那种精力和魄力。但我并不怪他，而且感激他。他也不过多干预这件事，知道那位女客好吃糖葫芦，他有时还从园外买回几枝来，送到我的房间。女客是常熟人，长得巧小玲珑，是医院建院时，从苏杭一带选来的女孩中的尤其俊俏者。此后，也就没有来往。

第二次和我同住的是G，诗人，团体的秘书长，我们曾在一家报纸共过事。他爽朗热情，有行政能力。那时，他爱人在附近的党校学习，每天晚饭之前，G就翻山越岭去接她。夫妻感情之好，令人羡慕。

每天清晨，G陪我去划船，我们从石舫上船，过五龙亭，绕昆明湖一周，再吃早饭。后来他有事先走了。嘱托厨师，好好照看我。我还是每天清晨起来，先去划船。我的划船技术，并不高明，是在小汤山浅湖中学会的。昆明湖的水很深,清晨没有游客,整个湖面就是我一个人。如果遇到风浪,那是很危险的,现在回想起来,还有点害怕。但那情景是可爱的,烟波荡漾,四处静寂,那只卧在水中的小铜牛,倾头凝望,每逢划到它附近时,我都从心里向它祝福。

几年以后,H 以心脏病,死于湖北干校的繁重劳动。稍后,G 在流亡时,于河南旅舍自焚。

芸斋主人曰:H、G 谢世,余有悼文。时势不利,投寄无门。左砍右削,集内聊存。今日读之,意有未申。此文乃补作也。

一九八七年六月十日下午写讫

宴　会

我没有口福，不好参加宴会。进城以后，本来有不少机会，可以吃到好东西，但我都推辞了，人以为怪。例如有一次，市里的宣传部长，要宴请一位戏剧家，派车到家里来接我，来的人除了部长的夫人，还有一位名声鼎沸的女演员。当我的乡下老伴去给她们开门时，那位演员的时髦的装束，美丽的面容，优雅的步伐，使她如遇神仙，倒退了两步。结果，我还是推辞有病没有去，使人家大失所望，主客都不会高兴的。

又有一次，是市委文教书记，宴请一位画家，派车并派了一位好贩卖字画的朋友来接我，因为说笑话，引起我的不快，断然拒绝了。这就更显得不通人情，并给上级留下不好的印象。

对于以上两件事，我虽然有些怕因此得罪了人，但并不觉得是多大的遗憾,只有下述的一次,至今萦系于心。

一九六五年春天,我到北京南城一家大医院去看病,遇到了一位在晋察冀通讯社工作时的老熟人。那时我叫他刘二,是伙食管理员。他每天张罗十几个人的柴米油盐,有时还帮着烧火做饭,给我们理发。

以前我们并不认识,他知道我的名字,知道我是他哥哥的同学,知道我在同口小学教过书,对我很有感情。

他家里是大地主。他哥哥在中学时就参加了党,曾担任过北平市委书记。看来,他的文化程度并不高。按照冀中一带地主家庭的习惯,常常是供给一个孩子念书,另外再培养一个孩子经营家务。我看他属于后者,大概是读过几年书,粗识文字,会打算盘,能应付世情,善于交际的那一类地主子弟。

一九三七年春天,党派了一位红军干部,到北方建立抗日根据地,就住在他家。游击队风起云涌,不久就形成了司令、主任赛牛毛的局面。同口小学的教员们,是在他家参加抗日工作的,小学教导主任姓侯,也是我中学时的同学,不久担任了游击队司令部政治部主任的职务。

一九三八年春天,军队整编,传说出了“托派”。牵连了很多干部,被送到路西审查。

一九三九年春天,我调到路西,分配在通讯社,听说侯已经不在人间。

刘二的哥哥也在通讯社，我叫他刘大。有一段时间,我们同住在城南庄村边一间房子里。炕上没有炕席。农家赤身的男女和小孩们,成年累月在上面滚爬,炕面变成了黑黑的,油光光的。每天晚上,我没有被褥,枕着一块砖头,听着野外的秋虫叫。

刘大神情有些不安。他曾经这样对我说：

“他们不会把我杀掉吧？”

不久,真的不见他了。我那时不是党员,从来没有参加过政治活动,这些问题,无论如何牵连不到我的身上。但我过路以后,心情并不很好。生活苦,衣食不继,远离亲人,这些还都在其次,也是应该忍受的。主要是人地两生,互不了解。见到两个同学的这般遭遇,又不能向别人去问究竟,心里实在纳闷。

抗日是神圣的事业,我还是努力工作着。我感情脆弱,没有受过任何锻炼。出来抗日,是锻炼的开始。不久,我写了一篇内容有些伤感的抗日小说,抒发了一下这种心情。

刘二在通讯社,工作也很卖力。按说,他管理过那宏大的家业,这点事,应该是不在话下,其实不然。每人每天的一斤四两小米，三钱油盐，来之甚为不易。他没有和我谈过侯和他哥哥的事，看来，他很乐观。侯的妻子和小女孩，还在山里，曾给我和刘二写过一封信，希望能帮她一些钱。我感到无能为力，也不记得这封信叫刘二看过没有。

我渐渐知道，他也是受案件的牵连，被审查了多日，才放出来做这个工作的。那时有问题的人，都派作这种用场，我常见村边山路上，有一个赶着毛驴给别的机关驮粮食的人，据说也是那个案子里的人。

不久，我调到边区文协工作，后来又去延安，就与刘二分别了。

医院相见，已经是二十五年以后，他眼力很好，一下就认出我，还是很热情。从他的服装、言谈，以及别人对他的态度，我看出他发了迹。医生们叫他刘书记。

没时间多谈，他说，明天是星期日，在前门外一家饭店请我。

我很少进京，这次住在东城一个办事处。办事处是一所旧式大宅院，设备很好。主任是我在深县下乡时认识的。他告诉我，按规定，什么人应该住什么房，什么人应该坐什么车，对于我，可以灵活一些。

星期日那天，吃过早饭，有一位从山东来的姑娘找我。

我和她到附近景山去玩,然后又到北海。心里虽然惦记着刘二请我吃饭的事,但还是陪那位姑娘,在一处小馆吃了晚饭。回到办事处,主任告诉我,刘书记打来三次电话。我听了,才觉得很对不起人家。我想,他那次准备的宴席,一定很丰盛,很阔气吧。他退掉饭菜,不会有过多的周折吧。

第二年,“文革”开始,听说他就自杀了,详情不明。想到不能再见面,就更悔恨那次的失约了。

现在,读一些人撰写的抗战回忆录,那时所谓的“托派”,已经证明是子虚乌有,冤假错案。但刘大的历史问题,好像还没有定论。他的女儿,为此事各处奔走,请人证明。她总是礼貌地称呼我伯父。我只知道那么一点情况,告诉了她。也同她谈过一些她父生前的逸事:一九三八年我们在冀中抗战学院共事,他是军政院的教导主任。他有钱,深县有饭馆,同事们常要他请客。在开生活会时,又都批评他生活不艰苦……也谈到她的三叔是在一次对日军作战时,壮烈牺牲的。

芸斋主人曰:余性孤僻,疏于友道。然于青年相处之有情谊者,则终生念念不忘。至其生前之得失,又当别论矣。

一九八七年六月十六日下午写讫

鱼苇之事

很多年不到白洋淀去，关于菱茨鱼苇之事，印象也淡了。近日，一位妇女，闲时和我谈些她家乡的事，引起我对水乡的怀念。

她家住在D村。这个小地方，曾有一京二卫三D村之称。原来是个水旱码头，很是繁华热闹。大清河在村南流过，下水直达天津。又是一个闸口，每天黄昏，帆樯林立。旱路通往保定，是过路客商打尖的地方。我记得在同口教书时，前往保定，就是在这里吃午饭，但当时的街道市面，都忘记了。

她家很贫苦，父亲好赌博，曾在赌场上，把土改分得的地，当场卖掉，家里的人都哭了。但他有妻子和五个小孩，也要照顾一家人的衣食。一年之中，他除去赌博，不是给人家去打坯，换些粮食；就是在河边治鱼，卖些零钱。

她是头大的孩子，很小就知道为生活操劳了。她先学会编席，母亲告诫她，织席这勾当，“抬头误三根，低头一大片”，整天忙得连梳头洗脸的工夫都没有。母亲见她太疲乏、太困倦，就给她讲故事。她回忆说，那些故事，古老，冗长，千篇一律。故事中，总是有一个傻子，傻子又总是很走运，常常逢凶化吉，转危为安，娶到漂亮的媳妇，发家致富。

有一年，发了一场大水，她家的房冲倒了，搬到堤坡上，临时搭了一间小屋。秋后，水渐渐落去，河里出了鱼，全村的人，买网捕捞。买一片大罾，要一百多元，她家买不起。父亲买了几丈蚊帐布，用猪血血了，缝制了一具小罾。小网有小网的好处，除去她父亲，母亲和她都可以去搬罾捕鱼了。

鱼实在很多，特别是一种名叫石鲢的小鱼，浮满了河面。这种小鱼，一寸多长，圆身子黑花条，没有刺，油很多。炖熟了，上面漂着一层黄油，别提多香了。外地的鱼贩子都来了，就地收货加工。但因为鱼太多，后来就只收大鱼，不收小鱼。

她只好自己卤了，和大弟弟挑到上高地集市上去卖。她从小逃过荒，出过工，也作过运输，就是没有卖过东西。她看好一个地段，把鱼放在地下，和弟弟站在那里，弟弟比她还腼腆,只是低着头看着自家的鱼。赶集的人从她们眼前走过,可是没有一个人照顾她们的鱼。她想吆喝几声,心里十分害臊,喊不出来。最后还是红着脸吆喝起来:

“买鱼呀,好香的鱼!”

过了一会儿,又喊:

“买鱼呀,贱卖呀!”

终于引起了人们的注意,有几个人蹲在她们的摊子前面了。

买卖开始了,她掌秤,弟弟收钱。卖出几份以后,围上来的人更多了,你挑我拣,她简直忙不过来。她忽然看见有一张五元的票子,掉在了她的筐子下面。她看好一个空子,赶紧捡起来,扔进书包。

她很兴奋,买卖做得也很顺利,不到晌午,鱼就卖完了,一共卖了十多元。赶紧收摊,带着弟弟去赶集。

她手里有十五元钱。她手里从来没有这么多的钱,但她除去衣食二字,没有想到要买什么别的东西,她首先想到的是父亲。

“谁要这件皮袄?”

有一个老太太,提着一件破旧的短皮袄,在大声吆喝。她心里一动。天渐渐凉了,父亲一早一晚还要去河上扳罾。

她只见过别人家的老人穿皮袄。她从来也没想到过自己的父亲穿皮袄，现在，好像父亲也有穿一件皮袄的份儿了。

她走上前去，摸了摸皮袄。毛色很旧，有的地方，还露着皮子。但这总是一件皮袄。她问：

“多少钱？”

“不还价，你给十五元。”老太太说。

“值吗？”

“不值，你就走你的。”老太太又吆喝起来。

她走了几步，终于又回去，把钱交给老太太，换来这件皮袄。

回家的路上，虽然天气并不冷，她还是往自己身上，披了披这件皮袄，确实暖和呀。

现在，父亲早已去世，她讲起这段事情，还很得意。

她对我说，为了不再织席，她和家在这个大城市的人结了婚，现在很少再回娘家住。那里的河，早已经干了，更不会有鱼；也没有人再织席，人们有别的致富之路了。

我听到的，好像也是一个古老的故事。

一九八六年五月二十七日

蚕桑之事

我的故乡，地处北方，桑树很少。只是在两家田地的中间，有时种一棵野桑，叫做桑坡，作为地界。这种桑树终生也长不高大，且常常中途死亡。因为那时土地是农民的生命线，寸土必争，两家都拼命往外耕，它的根生长延伸的机会，比被犁铧铲断的机会，要少得多。

如果有这种桑坡，每年春季，它也会吐出一些桑叶，当然很小，就像铜钱一样。这也是很可爱的，附近的儿童们，就会养几条小蚕，来利用，也可以说是圆满这微小得可怜的自然生态。

蚕儿与桑叶，天造地设，是同时出世。养蚕的规模，当然也是很小的，用一个小纸盒的盖子就可以了。养蚕的心，是很虔诚的，小盒子铺垫得温暖而干净。每天清晨，一起来就往地里跑，有时跑得很远，把桑坡上好不容易长出的几片新叶采回来,盖在小蚕的身上,把多余的桑叶,洒上点水,放在一边储存。

桑坡少有,而养蚕的伙伴又多,于是出现了供需矛盾,出现了竞争。你起得早,我比你起得更早,常常是天还不亮,小孩子们就乱往桑坡那里奔去。过不了几天,桑坡的枝条,就摧残得光秃秃,再也长不出新的叶子来了。

去镇上赶集的路上,倒是有一片大桑树,是镇上地主家经营的。树很高,叶子也大,大人们赶集路过,有时给孩子们偷摘几片,那是解决不了什么问题的。

喜剧还没演到一半,悲剧就开始了。蚕儿刚刚长大一些,正需要更多的桑叶,就绝粮了,只好喂它榆叶。榆叶有的是,无奈蚕不爱吃,眼看瘦下去,可怜巴巴的,有的饿死了,活下来的,到了时候,就有气无力地吐起丝来。

每年养蚕,最初总是有一个美丽的梦:蚕大了,给我结一张丝绵, 好把墨盒装满。蚕只能结一片碗口大小的,黄白相间的,薄纸一样的绵。

和我一同养蚕的, 是一个远房的妹妹。她和我同岁,住在一条街上。她性格温柔,好说好笑,和我很合得来。过年时,我们每天到三爷家的东墙去撞钟。这是孩子们的一种赌博游戏,用铜钱在砖墙上撞击,远落者投近落者,击中为胜。这种游戏,使三爷家的一面墙,疮痍满目,布满弹痕。

我们的蚕,放在一起。她答应我,她的蚕结的绵,也铺在我的墨盒里。她虽然不念书,也知道,写好了字,做好了文章,就是我的锦绣前程。她的蚕,也只能吐一片薄薄的绵。

我们的丝绵,装不满墨盒。十二岁我就离开了家。

几年前,我回了一次故乡,她热诚地看望了我。她童年的形象,在我的心里,刻划得太深太久了,以致使我几乎认不出她目前的形象。

我们都老了,我们都变了。我们都做了一场梦,就像小时候养蚕一样。

我对她诉说了,我少小离家,奔波追逐,患难余生,流落他乡,老病交加之苦。她也向我诉说了,她患了多年的淋巴结核,两个姐姐因为同样的病,都已丧生。她身体壮一些,活了下来,脖颈和胸前留下了一片大伤疤。她父亲无儿,过继了一个外甥。为了争夺财产,她上县进省,和表兄打了五六年官司,终于胜诉,人称“不好惹”。现在和公婆不和,和儿媳也不和。她大姐有一个儿子,早年参军,在新疆工作,她只身一人,去找过好几趟,来回做些买卖,人以为“能”。

她走了以后，据叔母说，她还好斗牌，输了就到田地走一趟，偷公家的大麻子或是棉花。现在老了，腿脚不灵活，就给人家说媒，有时也神仙附体。

听着这些，我的麻木了的心，几乎没有什么感慨。是的，我们老了，每个人经历的和见到的都很多了。不要责备童年的伴侣吧。人生之路，各式各样。什么现象都是可能发生，可能呈现的。美丽的梦只有开端，只有序曲，也是可爱的。我们的童年，是值得留恋的，值得回味的。

她对我，也会是失望的。我写的文章，谈不上经国纬业，只有些小说唱本。并没有体现出，她给我的那一片片小小的丝绵，所代表的天真无邪的情意。

故乡的桑坡，和地主家的桑园，早已不见。自从离开家乡，我也很少见到桑树。在保定读书时，星期日曾到河北大学的农业试验场，偷吃过红紫肥大的桑葚。文化大革命时，机关大院临街的角落，有一个土堆，旁边有一棵不大的桑树。每逢开会休息时，我好到那里，静静地站立一刻，但心里想的事情，与蚕桑无关。

我养的花木中，有一棵扶桑。现在这种花，在天津已经不大时兴了。它的叶子、枝干,都像桑树。桑树皮的颜色,与蚕的颜色,一般无二,使人深深感到,造物的奇巧,自然的组合,有难言的神妙。

一九八七年七月十五日下午写讫

老　家

前几年，我曾诌过两句旧诗："梦中每迷还乡路，愈知晚途念桑梓。"最近几天，又接连做这样的梦：要回家，总是不自由；请假不准，或是路途遥远。有时决心启程，单人独行，又总是在日已西斜时，迷失路途，忘记要经过的村庄的名字，无法打听。或者是遇见雨水，道路泥泞；而所穿鞋子又不利于行路，有时鞋太大，有时鞋太小，有时倒穿着，有时横穿着，有时系以绳索。种种困扰，非弄到急醒了不可。

也好，醒了也就不再着急，我还是躺在原来的地方，原来的床上，舒一口气，翻一个身。

其实，文化大革命以后，我已经回过两次老家，这些年就再也没有回去过，也不想再回去了。一是，家里已经没有亲人，回去连给我做饭的人也没有了。二是，村中和我认识的老年人，越来越少，中年以下，都不认识，见面只能寒暄几句，没有什么意思。

前两次回去：一次是陪伴一位正在相爱的女人，一次是在和这位女人不睦之后。第一次，我们在村庄的周围走了走，在田头路边坐了坐。蘑菇也采过，柴火也拾过。第二次，我一个人，看见亲人丘陇，故园荒废触景生情，心绪很坏，不久就回来了。

现在，梦中思念故乡的情绪，又如此浓烈，究竟是什么道理呢？实在说不清楚。

我是从十二岁，离开故乡的。但有时出来，有时回去，老家还是我固定的窠巢，游子的归宿。中年以后，则在外之日多，居家之日少，且经战乱，行居无定。及至晚年，不管怎样说和如何想，回老家去住，是不可能的了。

是的，从我这一辈起，我这一家人，就要流落异乡了。

人对故乡，感情是难以割断的，而且会越来越萦绕在意识的深处，形成不断的梦境。

那里的河流，确已经干了，但风沙还是熟悉的；屋顶上的炊烟不见了，灶下做饭的人，也早已不在。老屋顶上长着很高的草破漏不堪；村人故旧，都指点着说：“这一家人，都到外面去了，不再回来了。”

我越来越思念我的故乡,也越来越尊重我的故乡。前不久,我写信给一位青年作家说:“写文章得罪人,是免不了的。但我甚不愿因为写文章,得罪乡里。遇有此等情节,一定请你提醒我注意!”

最近有朋友到我们村里去了一趟,给我几间老屋,拍了一张照片,在村支书家里,吃了一顿饺子。关于老屋,支书对他说:“前几年,我去信问他,他回信说:也不拆,也不卖,听其自然,倒了再说。看来,他对这几间破房,还是有感情的。”

朋友告诉我:现在村里,新房林立;村外,果木成林。我那几间破房,留在那里,实在太不调和了。

我解嘲似的说:“那总是一个标志,证明我曾是村中的一户。人们路过那里,看到那破房,就会想起我,念叨我。不然,就真的会把我忘记了。”

但是,新的正在突起,旧的终归要消失。

一九八六年八月十二日,晨起作。闷热,小雨

木棍儿

崇公道对苏三说:“三条腿走路，总比两条腿走路,省些力气。”此话当真不假。抗日战争期间,我在山地工作近七年,每逢行军,手里总离不开一根棍子,有时是六道木,有时是山桃木。棍子的好处,还在夜间,可作探路之用。那样频繁的夜行军,我得免于跌落山涧,丧身溪流,不能不归功伴随我的那些木棍。

形象是不大雅观的:小小年纪,破衣烂裳,鞋帽不整。左边一个洋瓷碗,右边一个干粮袋,手里一根木棍。如果走在本乡本土的道路上,我心里是会犯些嘀咕的。但那时我是离家千里之外,而从事的是神圣的抗日工作,人皆以我为战士,绝不会把我当成乞儿。

抗战胜利,回到家乡平原,我就把棍子放下了。

棍子作为文学用语,曾是恶称。自我反思:虽爱此物,颂其功能，本身并非棒喝之徒，所以放下它，也无缘歌喉一转，另作梵贝之声。至于他人曾以此物，加于自己的头上，也会长时间念念不忘，不能轻易冰释于怀，形成谅解宽松的心态。乃修行不到之过。

现在老了，旧性不改，还是喜爱一些木棍。儿女所买，友朋所赠，竹、木、藤制，各色手杖，也有好几条了。其实，我还没有到非杖不行，或杖而后起的程度，手里拿着一根木棍，一是当做玩意儿，一是回忆一些远远逝去的生活。

棍子有多条，既是玩意儿，就轮流着拿，以图新鲜。既不问其新老，也不问其质地。现在手里拿的，是一根山荆木棍，上雕小龙头，并非工艺品。

此杖乃时达同志所赠。时达系军人，一九四二年，我回冀中时认识。他那时任冀中七分区作战科长，爱文艺，作一稿投《冀中一日》，为我选用。时达幼年在旧军队干过，后上抗大，分配到我的家乡。官级不高，派头很大，服装整齐，身后总有一个勤务兵。老伴生前告我：日寇五一大扫荡时，一天黄昏，她在场院抱柴，时达骑着一匹高头大马，闯入场院，把一个绿色大褥套推落在地，就急急上马奔驰而去，一句话也没说。褥套里都是书。我妻当天把书埋在地里，连夜把褥套拆了，染成黑色。

时达后来担任空军师长。文化大革命时,被林彪诱捕入狱。出狱后流放到长白山。无事可干,他就上山砍柴,选一些木棍,削制成手杖,托人捎到天津,送给王林和我。附言说:这种木棍,寒地所产,质坚而轻,并可暖手,东北老年人多用之。

时达前几年逝世了,讣告来得晚,我连个花圈,也没得送到他的灵前。现在手里,摆弄着他十年前送给我的一根棍子。

一九八六年十月十七日下午,寒流至,
不能外出,作此消遣

附　记:

进城以后,时达曾到天津来过几次:一次,我同王林陪他到干部俱乐部,遇有舞会,他遂下场不出,乐而忘返。我因不会跳,也不愿看,乃先归。此次,我送他日本小瓷器数件,还有一幅董寿平画的杏花。据说,他视如珍宝。一次,是我在病中,他陪我到水上公园钓鱼。他不耐那里的寂寞,我劝他先回,他又不好意思。两个人胡乱玩了一会儿,就一同回来了。最后一次,是文化大革命结束,他当了长白山自然保护区的主任,回河南探亲路过。自己已非军人,还是从当地驻军，借了一个长得很漂亮的小孩，当他的勤务兵。到舍下时，天色已晚，我送他到机关招待所，他看了看，嫌设备不好，坚决不住。只好托人给他联系了一处高级招待所，派汽车送去。此次，他给我带来长白山的松子、蘑菇，还有几种不知名的野菜，他都用破布缝制的小袋装好，并附以纸片说明。还送我一袋浮石，即澡堂用的擦脚石。

十月十八日

告　别
——新年试笔

书　籍

我同书籍，即将分离。我虽非英雄，颇有垓下之感，即无可奈何。

这些书，都是在全国解放以后，来到我家的。最初零零碎碎，中间成套成批。有的来自京沪，有的来自苏杭。最初，我囊中羞涩，也曾交臂相失。中间也曾一掷百金，稍有豪气。总之，时历三十余年，我同它们，可称故旧。

十年浩劫，我自顾不暇，无心也无力顾及它们。但它们辗转多处，经受折磨、潮湿、践踏、撞破，终于还是回来了。失去了一些，我有些惋惜，但也不愿再去寻觅它们，因为我失去的东西，比起它们，更多也更重要。

它们回到寒舍以后，我对它们的情感如故。书无分大小、贵贱、古今、新旧，只要是我想保存的，因之也同我共过患难的，一视同仁。洗尘，安置，抚慰，唏嘘，它们大概是已经体味到了。

近几年，又为它们添加了一些新伙伴。当这些新书，进入我的书架，我不再打印章，写名字，只是给它们包裹一层新装，记下到此的岁月。

这是因为，我意识到，我不久就会同它们告别了。我的命运是注定了的。但它们各自的命运，我是不能预知，也不能担保的。

字　画

我有几张字画，无非是吴、齐、陈的作品，也即近代世俗之所爱，说不上什么稀世的珍品。这些画，是六十年代初，我心血来潮，托陈乔同志在北京代购的，那时他任中国历史博物馆副馆长，据说是带了几位专家到画店选购的，当然是不错的了。去年陈乔来家，还问起这几张画来。我告诉他文化大革命时，抄是抄去了，但人家给保存得很好，值得感谢。这些年一直放在柜子里，也不知潮湿了没有,因为我对这些东西,早已经一点兴趣也没有了。陈说:不要糟蹋了,一幅画现在要上千上万啊!我笑了笑。什么东西,一到奇货可居,万人争购之时,我对它的兴趣就索然了。我不大看洛阳纸贵之书,不赴争相参观之地,不信喧嚣一时之论。

当代画家,黄胄同志,送给过我两张毛驴,吴作人同志给我画过一张骆驼,老朋友彦涵给我画了一张朱顶红,是因为我请他向画家们求画,他说,自从批“黑画展”以后,画家们都搁笔不画了,我给你画一张吧。近些年,因为画价昂贵,我也不敢再求人作画,和彦涵的联系也少了。

值得感谢的,是许麟庐同志,他先送我一张芭蕉,“四人帮”倒台以后,又主动给我画了一张螃蟹、酒壶、白菜和菊花。不过那四只螃蟹,形象实在丑恶,肢体分解,八只大腿,画得像一群小雏鸡。上书:孙犁同志,见之大笑。

天津画家刘止庸,给我写了一副对联,虽然词儿高了一些,有些过奖,我还是装裱好了,张挂室内,以答谢他的厚意。

我向字画告别,也就意味着,向这些书画家告别。

瓶　罐

进城后,我在早市和商场,买了不少旧瓷器,其中有一些是日本瓷器。可能有些假古董,真古董肯定是没有的。因为经过抄家,经过专家看过,每个瓶底上,都贴有鉴定标签,没有一件是古瓷。

不过,有一个青花松竹的瓷罐,原是老伴外婆家物,祖辈相传,搬家来天津时,已为叔父家拿去,后来听说我好这些东西,又给我送来了。抄家时,它装着糖,放在橱架上,未被拿走。经我鉴定,虽然无款,至少是一件明瓷。可惜盖子早就丢失了。

这些瓶瓶罐罐,除去孩子们糟蹋的以外,尚有两筐,堆放在闲屋里。

字　帖

原拓只有三希堂。丙寅岁拓,并非最佳之本。然装潢华贵，花梨护板，樟木书箱，似是达官或银行家物。尚有写好的洒金题签，只贴好一张，其余放在箱内。我买来也没来得及贴好，抄家时丢失了。此外原拓，只有张猛龙碑、龙门二十品等数种，其余都是珂罗版。

汉碑、魏碑。我是按照《艺舟双楫》和《广艺舟双楫》介绍购置的，大体齐备。此外有淳化阁帖半套及晋唐小楷若干种。唐隶唐楷及唐人写经若干种。

罗振玉印的书，我很喜欢，当做字帖购买的有：祝京兆法书，水拓鹤铭，世说新书，智永千文，六朝墓志菁华等。以他的六朝墓志，校其他六朝帖，就会发见，因墓志字小形微，造假者多有。

我本来不会写字，近年也为人写了不少，现在很后悔。愿今后一笔一画，规规矩矩，写些楷字，再有人要，就给他这个，以示真相。他们拿去，会以为是小学生习字，不屑一顾，也就不再来找我了。人本非书家，强写狂乱古怪字体，以邀书家之名；本来写不好文章，强写得稀奇荒诞，以邀作家之名；本来没有什么新见解，故作高深惊人之词，以邀理论家之名，皆不足取。时运一过，随即消亡。一个时代，如果艺术，也允许作假冒充，社会情态，尚可问乎？

印　章

还有印章数枚，且有名家作品。一名章，阳文，钱君匋刻，葛文同志代求，石为青田，白色，马纽。一名章，阴文，金禹民作，陈肇同志代求，石为寿山；一藏书章，大卣作，陈乔同志代求，石为青田，酱色。

近几年，一些青年篆刻爱好者，也为我刻了一些图章。

其实，我除了写字，偶尔打个印，壮壮门面外，在书籍上，是很少盖印了，前面已经提到。古人达观者，用“曾在某斋”等印，其实还有恋恋之意，以为身后，还是会有些影响，这同好在书上用印者，只有五十步之差。不过，也有一点经验。在文化大革命时，我有一部《金瓶梅》被抄去，很多人觊觎它，终于是归还了，就是因为每本封面上，都盖有我的名章。印之为物，可小觑乎？

镇　纸

我还有几件镇纸。其中，张志民送我一副人造大理石的,色彩形制很好。柳溪送我一只大理出的,很淡雅。最近杨润身又送我一只,是他的家乡平山做的,很朴厚。

我自己有一副旧玉镇纸，是用六角钱从南市小摊上得到的。每只上刻四个篆字,我认不好。陈乔同志描下来,带回北京,请人辨认。说是:“不惜寸阴,而惜尺璧”八个字。陈说,不要用了。

其实,我也很少用这些玩意儿,都是放在柜子里。写字时,随便用块木头,压住纸角也就行了。我之珍惜东西,向有乡下佬吝啬之誉。凡所收藏,皆完整如新,如未触手。后人得之,可证我言。所以有眷恋之情,意亦在此。

以上所记,说明我是玩物丧志吗?不好回答。我就是喜爱这些东西,它们陪伴我几十年。一切适情怡性之物,非必在大而华贵也。要在主客默契,时机相当。心情恶劣,虽名山胜水,不能增一分之快,有时反更添愁闷之情。心情寂寞,虽一草一木也可破闷解忧,如获佳侣。我之于以上长物,关系正是如此。现在分别了,不是小别,而是大别,我无动于衷吗?也不好回答。文化大革命时,这些东西,被视为“四旧”,扫荡无余。近年,又有废除一切旧传统之论,倡言者,追随者,被认为新派人物。后果如何,临别之际,也就顾不得那么许多了。

一九八七年一月七日记

鸡　叫

在这个大杂院里，总是有人养鸡。我可以设想：在我们进城以前，建筑这座宅院的主人吴鼎昌，不会想到养鸡；日本占领时期，驻在这里的特务机关，也不会想到养鸡。

其实，我们接收时，也没有想到养鸡。那时院里的亭台楼阁，山石花木，都保留得很好，每天清晨，传达室的老头，还认真地打扫。

养鸡，我记得是大跃进以后的事，那时机关已经不在这里办公，迁往新建的大楼，这里相应地改成了“十三级以上”的干部宿舍。这个特殊规定，只是维持了很短的时间，就被打破了，家数越住越多，人也越来越杂。

但开始养鸡的时候，人家还是不多的，确是一些“负责同志”。这些负责同志，都是来自农村，他们的家属，带来一套农村生活的习惯，养鸡当然是其中的一种。不过，当年养起鸡来，并非习惯使然，而是经济使然。大跃进，使一个鸡蛋涨价到一元人民币，人们都有些浮肿，需要营养，主妇们就想：养只母鸡，下个蛋吧！

我们家，那时也养鸡，没有喂的，冬天给它们剁白菜帮，春天就给它们煮蒜辫——这是我那老伴的发明。

总之，养鸡在那一定的历史条件下，是权宜之计。不过终于流传下来了，欲禁不能。就像院里那些煤池子和各式各样的随便搭盖的小屋一样。

过去，每逢“五一”或是“十一”，就会有街道上的人，来禁止养鸡。有一次还很坚决，第一天来通知，有些人家还迟迟不动；第二天就带了刀来，当场宰掉，把死鸡扔在台阶上。这种果断的禁鸡方式，我也只见过这一回。

有鸡就有鸡叫。我现在老了，一个人睡在屋子里，又好失眠，夜里常常听到后边邻居家的鸡叫。人家的鸡养在什么地方，是什么毛色，我都没有留心过，但听这声音，是很熟悉的，很动人的。说白了，我很爱听鸡叫，尤其是夜间的鸡叫。我以为，在这昼夜喧嚣，人海如潮的大城市，能听到这种富有天籁情趣的声音，是难得的享受。

美中不足的是:这里的鸡叫,没有什么准头。这可能是灯光和噪音干扰了它。鸡是司晨的,晨鸡三唱。这三唱的顺序,应是下一点,下三点,下五点。鸡叫三遍,人们就该起床了。

我十二岁的时候,就在外地求学。每逢假期已满,学校开课之日,母亲总是听着窗外的鸡叫。鸡叫头遍,她就起来给我做饭,鸡叫二遍再把我叫醒。待我长大结婚以后,在外地教书做事,她就把这个差事,交给了我的妻子。一直到我长期离开家乡,参加革命。

乡谚云:不图利名,不打早起。我在农村听到的鸡叫,是伴着晨星,伴着寒露,伴着严霜的。伴着父母妻子对我的期望,伴着我自身青春的奋发。

现在听到的鸡叫,只是唤起我对童年的回忆,对逝去的时光和亲人的思念。

彩云流散了,留在记忆里的,仍是彩云。莺歌远去了,留在耳边的还是莺歌。

一九八七年四月五日清明节

大 根
——乡里旧闻

岳父只有两个女儿，和我结婚的，是他的次女。到了五十岁，他与妻子商议，从本县河北一贫家，购置一妾，用洋三百元。当领取时，由长工用粪筐背着银元，上覆柴草，岳父在后面跟着。到了女家，其父当场点数银元，并一一当当敲击，以视有无假洋。数毕，将女儿领出，毫无悲痛之意。岳父恨其无情，从此不许此妾归省。有人传言，当初相看时，所见者为其姐，身高漂亮，此女则瘦小干枯，貌亦不扬。村人都说：岳父失去眼窝，上了媒人的当。

婚后，人很能干，不久即得一子，取名大根，大做满月，全家欢庆。第二胎，为一女孩，产时值夜晚，仓促间，岳父被墙角一斧伤了手掌，染破伤风，遂致不起。不久妾亦猝死，祸起突然，家亦中落。只留岳母带领两个孩子，我妻回忆：每当寒冬夜晚，岳母一手持灯，两个小孩拉着她的衣襟，像扑灯蛾似的，在那空荡荡的大屋子出出进进，实在悲惨。

大根稍大以后，就常在我家。那时，正是抗日时期，他们家离据点近，每天黎明，这个七八岁的孩子，牵着他喂养的一只山羊，就从他们村里出来到我们村，黄昏时再回去。

那时我在外面抗日。每逢逃难，我的老父带着一家老小，再加上大根和他那只山羊，慌慌张张，往河北一带逃去。在路上遇到本村一个卖烧饼馃子的，父亲总是说："把你那柜子给我，我都要了！"这样既可保证一家人不致挨饿，又可以作为掩护。

平时，大根跟着我家长工，学些农活。十几岁上，他就努筋拔力，耕种他家剩下的那几亩土地了。岳母早早给他娶了一个比他大几岁，很漂亮又很能干的媳妇，来帮他过日子。不久，岳母也就去世了。小小年纪，十几年间，经历了三次大丧事。

大根很像他父亲，虽然没念什么书，却聪明有计算，能说，乐于给人帮忙和排解纠纷，在村里人缘很好。土改时，有人想算他家的旧账，但事实上已经很穷，也就过去了。

他在村里，先参加了村剧团，演"小女婿"中的田喜，他本人倒是个地地道道的小女婿。

二十岁时，他已经有两个儿子，加上他妹妹，五口之家，实在够他巴结的。他先和人家合伙，在集市上卖饺子，得利有限。那些年，赌风很盛，他自己倒不赌，因为他精明，手头利索，有人请他代替推牌九，叫做枪手。有一次在我们村里推，他弄鬼，被人家看出来，几乎下不来台，念他是这村的亲戚，放他走了。随之，在这一行，他也就吃不开了。

他好像还贩卖过私货，因为有一年，他到我家，问他二姐有没有过去留下的珍珠，他二姐说没有。

后来又当了牲口经纪。他自己也养骡驹子，他说从小就喜欢这玩意儿。

“文革”前，他二姐有病，他常到我家帮忙照顾，他二姐去世，这些年就很少来了。

去年秋后，他来了一趟，也是六十来岁的人了，精神不减当年，相见之下，感慨万端。

他有四个儿子，都已成家，每家五间新砖房，他和老伴，也是五间。有八个孙子孙女，都已经上学。大儿子是大乡的书记，其余三个，也都在乡里参加了工作。家里除养一头大骡子，还有一台拖拉机。责任田，是他带着儿媳孙子们去种，经他传艺，地比谁家种得都好。一出动就是一大帮，过往行人，还以为是个没有解散的生产队。

多年不来，我请他吃饭。

“你还赶集吗？还给人家说合牲口吗？”席间，我这样问。

“还去。”他说，“现在这一行要考试登记，我都合格。”

“说好一头牲口，能有多大好处？”

“有规定。”他笑了笑，终于语焉不详。

“你还赌钱吗？”

“早就不干了。”他严肃地说，“人老了，得给孩子们留个名誉，儿子当书记，万一出了事，不好看。”

我说：“好好干吧！现在提倡发家致富，你是有本事的人，遇到这样的社会，可以大展宏图。”

他叫我给他写一幅字，裱好了给他捎去。他说：“我也不贴灶王爷了，屋里挂一张字画吧。”

过去，他来我家，走时我没有送过他。这次，我把他送到大门外，郑重告别。因为我老了，以后见面的机会，不会再多了。

一九八六年八月十四日

刁叔

——乡里旧闻

刁叔，是写过的疤增叔的二哥。大哥叫瑞，多年跑山西，做小买卖，为人有些流氓气，也没有挣下什么，还把梅毒传染给妻子，妻女失明，儿子塌鼻破嗓，他自己不久也死了。

和我交往最多的，是刁叔。他比我大二十岁，但不把我当做孩子，好像我是他的一个知己朋友。其实，我那时对他，什么也不了解。

他家离我家很近，住在南北街路西。砖门洞里，挂着两块贞节匾，大概是他祖母的事迹吧。那时他家里，只有他和疤增婶子，他一个人住在西屋。

他没有正式上过学，但"习"过字。过去，村中无力上学，又有志读书的农民，冬闲时凑在一起，请一位能写会算的人，来教他们，就叫习字。

他为人沉静刚毅，身材高大强健。家里土地很少，没有多少活儿，闲着的时候多。但很少见到他，像别的贫苦农民一样，背着柴筐粪筐下地，也没有见过他，给别人家打短工。他也很少和别人闲坐说笑，就喜欢看一些书报。

那时乡下，没有多少书，只有我是个书呆子。他就和我交上了朋友。他向我借书，总是亲自登门，讷讷启口，好像是向我借取金钱。

我并不知道他喜欢看什么书，我正看什么，就常常借给他什么。有一次，我记得借给他的是《浮生六记》。他很快就看完了，送回时，还是亲自登门，双手捧着交给我。书，完好无损。把书借给这种人，比现在借书出去，放心多了。

我不知道他能看懂这种书不能，也没问过他读后有什么感想。我只是尽乡亲之谊，邻里之间，互通有无。

他是一个光棍。旧日农村，如果家境不太好，老大结婚还有可能，老二就很难了。他家老三，所以能娶上媳妇，是因为跑了上海，发了点小财。这在另一篇文章中，已经提过了。

我现在想：他看书，恐怕是为了解闷，也就是消遣吧。目前有人主张，文学的最大功能，最高价值，就是供人消遣。这种主张，很是时髦。其实，在几十年前，刁叔的读书，就证实了这一点，我也很早就明白这层道理了。看来并算不得什么新理论，新学说。

刁叔家的对门，是秃小叔。秃小叔一只眼，是个富农，又是一家之主，好赌。他的赌，不是逢年过节，农村里那种小赌。是到设在戏台下面，或是外村的大宝局去赌。他为人，有些胆小，那时地面也确实不大太平，路劫、绑票的很多。每当他去赴宝局之时，他总是约上刁叔，给他助威仗胆。

那种大宝局的场合、气氛，如果没有亲临过，是难以想象的。开局总是在夜间，做宝的人，隐居帐后；看宝的人，端坐帐前。一片白布，作为宝案，设于破炕席之上，幺、二、三、四四个方位，都压满了银元。赌徒们炕上炕下，或站或立，屋里屋外，都挤满了人。人人面红耳赤，心惊肉跳；烟雾迷蒙，汗臭难闻。胜败既分，有的甚至屁滚尿流，捶胸顿足。

“免三！”一局出来了，看宝的人把宝案放在白布上，大声喊叫。免三，就是看到人们压三的最多，宝盒里不要出三。一个赌徒，抓过宝盒，屏气定心，慢慢开动着。当看准那个刻有红月牙的宝心指向何方时，把宝盒一亮，此局已定，场上有哭有笑。

秃小叔虽然一只眼，但正好用来看宝盒，看宝盒，好人有时也要眯起一只眼。他身后,站着刁叔。刁叔是他的赌场参谋,常常因他的运筹得当,而得到胜利。天明了,两个人才懒洋洋地走回村来。

这对刁叔来说,也是一种消遣。他有一个“木猫”,冬天放在院子里,有时会逮住一只黄鼬。有一回,有一只猫钻进去了,他也没有放过。一天下午,他在街上看见我,低声说:

“晚上到我那里去,我们吃猫肉。”

晚上,我真的去了,共尝了猫肉。我一生只吃过这一次猫肉。也不知道是家猫,还是野猫。那天晚上,他和我谈了些什么,完全忘记了。

听叔辈们说,他的水式还很好,会摸鱼,可惜我都没有亲眼见过。

刁叔年纪不大,就逝世了。那时我不在家,不知道他得的是什么病。在前一篇文章里,谈到他的死因,也不过是传言,不一定可信。我现在推测,他一定死于感情郁结。他好胜心强,长期打光棍,又不甘于偷鸡摸狗,钻洞跳墙。性格孤独,从不向人诉说苦闷。当时的农民,要改善自己的处境,也实在没有出路。这样就积成不治之症。

一九八六年八月十五日

老焕叔

——乡里旧闻

前几年,细读了沙汀同志所写,一九三八年秋季随一二〇师到冀中的回忆录。内记:一天夜晚,师部住进一个名叫辽城的小村庄(我的故乡)。何其芳同志去参加了和村干部的会见,回来告诉他,村里出面讲话的,是一个迷迷怔怔的人。我立刻想到,这个人一定是老焕叔。

但老焕叔并不是村干部。当时的支部书记、农会主任、村长,都是年轻农民,也没有一个人迷迷怔怔。我想是因为,当时敌人已经占据安平县城,国民党的部队,也在冀南一带活动,冀中局面复杂。当一二〇师以正规部队的军容,进入村庄,服装、口音,和村民们日常见惯的土八路,又不一样。仓皇间,村干部不愿露面,又把老焕叔请了出来,支应一番。

老焕叔小名旦子,幼年随父亲(我们叫他胖胖爷),到山西做小买卖。后来在太原当了几年巡警和衙役。回到村里，游手好闲，和一个卖豆腐人家的女儿靠着，整天和村里的一些地主子弟浪当人喝酒赌博。他是第一个把麻将牌带进这个小村庄，并传播这种技艺的人。

读过了沙汀的回忆文章，我本来就想写写他，但总是想不起那个卖豆腐的人的名字。老家的年轻人来了，问他们，都说不知道。直到日前来了两位老年人，才弄清楚。

这个人叫新珠，号老体，是个邋邋遢遢的庄稼人。他的老婆，因为服装不整，人称“大裤腰”，说话很和气。他们只生一个女孩，名叫俊女儿。其实长得并不俊，很黑，身体很健壮。不知怎样，很早就和老焕叔靠上了，结婚以后，也不到婆家去，好像还生了一个男孩。老焕叔就长年住在她家，白天聚赌，抽些油头，补助她的家用。这种事，村民不以为怪，老焕婶是个顺从妇女，也不管他，靠着在上海学织布的孩子生活。

老焕叔的罗曼史，也就是这一些。

近读求恕斋丛书，唐晏所作庚子西行记事：乡野之民，不只怕贼，也怕官。听说官要来了，也会逃跑。我的村庄，地处偏僻，每逢兵荒马乱之时，总需要一个见过世面，能说会道的人，出来应付，老焕叔就是这种人选。

他长得高大魁梧，仪表堂堂。也并非真的迷迷怔怔，只是说话时，常常眯缝着眼睛，或是看着地下，有点大智若愚的样儿。

我长期在外，童年过后，就很少见到他了。进城以后，我回过一次老家，是在大病初愈之后，想去舒散一下身心。我坐在一辆旧吉普车上，途经保定，这是我上中学的地方；安国，是父亲经商，我上高级小学的地方。都算是旧地重游，但没有多走多看，也就没有引起什么感想。

下午到家。按照乡下规矩，我在村头下车，从村边小道，绕回叔父家去。吉普车从大街开进去。

村边有几个农民在打场，我和他们打招呼。其中一位年长的，问一同干活的年轻人：

“你们认识他吗？”

年轻人不答话。他就说：

“我认识他。”

当我走进村里，街上已经站满了人。大人孩子，熙熙攘攘，其盛况，虽说不上万人空巷，场面确是令人感动的。无怪古人对胜利后还乡，那么重视，虽贤者也不能免了。但我明白，自己并没有做官，穿的也不是锦绣。可能是村庄小，人们第一次看见吉普车，感到新鲜。过去回家时，并没有遇到过这样的场面。

走进叔父家,院里也满是人。老焕叔在叔父的陪同下,从屋里走了出来。他拄着一根棍子,满脸病容,大声喊叫我的小名,紧紧攥着我的手。人们都仰望着他,听他和我说话。

然后,我又把他扶进屋里,坐在那把唯一的木椅上。

我因为想到,自身有病,亲人亡逝,故园荒凉,心情并不好。他见我说话不多,坐了一会儿就走了。

他扶病来看我,一是长辈对幼辈的亲情,二是又遇到一次出头露面的机会。不久,他就故去了。他的一生,虽说有些不务正业,却也没做过什么对不起乡亲们的坏事。所以还是受到人们的尊重,是村里的一个人物。

一九八七年十月五日

附　记:

如写村史,老焕叔自当有传。其主要事迹,为从城市引进麻将牌一事。然此不足构成大过失,即使农村无麻将,仍有宝盒及骨牌、纸牌也。本村南头,有名曹老万者,幼年不耐农村贫苦,去安国药店学徒。学徒不成,乃流为当地混混儿。安国每年春冬,有药市庙会,商贾云集。老万初在南关后街聚赌,以其悍骜,被无赖辈奉为头目。后又窝娼,并霸一河南女子回家,得一子。相传妓女不孕,此女盖新从农村,被拐骗出来者。为人勤劳敞快,颇安于室。附近有钱人家,生子恐不育者,争相认为干娘。传说,小儿如认在此等人名下,神鬼即不来追索。此女亦有求必应,不以为迕。然老万中年以后,精神失常,四处狂走,不能言语,只呵呵作声,向人乞讨。余读医书,得知此病,乃因梅毒菌进入人脑所致。则曹氏从城市引进梅毒,其于农村之污染,后果更不堪言矣。

古人云:不耕之民,易与为非,难与为善。这句话,还是可以思考的。

次日又记

黄　叶

又届深秋，黄叶在飘落。我坐在门前有阳光的地方。邻居老李下班回来，望了望我，想说什么，又走过去。但终于转回来，告诉我：一位老朋友，死在马路上了。很久才有人认出来，送到医院，已经没法抢救了。

我听了很难过。这位朋友，是老熟人，老同事。一九四六年，我在河间认识他。

他原是一个乡村教师，爱好文学，在《大公报》文艺版发表过小说。抗战后，先在冀中七分区办油印小报，负责通讯工作。敌人"五一"大扫荡以后，转入地下。白天钻进地道里，点着小油灯，给通讯员写信，夜晚，背上稿件转移。

他长得高大、白净，作风温文，谈吐谨慎。在河间，我们常到野外散步。进城后，在一家报社共事多年。

他喜欢散步。当乡村教师时，黄昏放学以后，他好到田野里散步。抗日期间，夜晚行军，也算是散步吧。现在年老退休，他好到马路上散步，终于跌了一跤，死在马路上。

马路上车水马龙，行人熙熙攘攘，但没有人认识他。不知他来自何方，家在何处？躺了很久，才有一个认识他的人。

那条马路上树木很多，黄叶也在飘落，落在他的身边，落在他的脸上。

他走的路，可以说是很多很长了，他终于死在走路上。这里的路好走呢，还是夜晚行军时的路好走呢？当然是前者。这里既平坦又光明，但他终于跌了一跤。如果他是一个舞场名花，或是时装模特，早就被人认出来了。可惜他只是一个退休老人，普普通通，已经很少有人认识他了。

我很难过。除去悼念他的死，我对他还有一点遗憾。

他当过报社的总编，当过市委的宣传部长，但到老来，他愿意出一本小书——文艺作品。老年人，总是愿意留下一本书。一天黄昏，他带着稿子到我家里，从纸袋里取出一封原已写好的，给我的信。然后慢慢地说：

“我看，还是亲自来一趟。”

这是表示郑重。他要我给他的书，写一篇序言。

我拒绝了。这很出乎他的意料，他的脸沉了下来。

我向他解释说:我正在为写序的事苦恼,也可以说是正在生气。前不久,给一位诗人,也是老朋友,写了一篇序。结果,我那篇序,从已经铸版的刊物上,硬挖下来。而这家刊物,远在福州,是我连夜打电报,请人家这样办的。因为那位诗人,无论如何不要这篇序。

其实,我只是说了说,他写的诗过于雕琢。因此,我已经写了文章声明,不再给人写序了。

对面的老朋友,好像并不理解我的话,拿起书稿,告辞走了。并从此没有来过。

而我那篇声明文章,在上海一家报社,放了很长时间,又把小样,转给了南方一家报社,也放了很久。终于要了回来,在自家报纸发表了。这已经在老朋友告辞之后,所以还是不能挽回这一点点遗憾。

不久,出版那本书的地方,就传出我不近人情,连老朋友的情面都不顾的话。

给人写序,不好。不给人写序,也不好。我心里很别扭。

我终觉是对不起老朋友的。对于他的死,我备觉难过。

北风很紧,树上的黄叶,已经所剩无几了。太阳转了过去,外面很冷,我掩门回到屋里。

一九八七年十月十九日

悼曾秀苍

前些日子,听法清说老曾病重,我请邹明和田晓明去看望他一次。回来说,还很清醒。今天法清又来,说是昨晚,老曾过去了。

时值冬初,最近已经有三四个老朋友相继过去了。

听到老曾的逝世,我很悲痛,想写几句话。但在房间里转了好久,总觉得没有什么话好说了。他没有给人留下过感人至深或轰轰烈烈的印象。

因为他这个人,不好交际,更不会出风头。你和他说话,他从来不会和你辩论。你和他走路,他总是落在后面。他虽然写了几部很有功力的小说,但在文坛上,并无赫赫之名, 也没有报刊登他的照片和吹捧他的文章。他的住所,非常冷落,更形不成什么诱人的沙龙。一些青年男女,甚至可以不知他是何许人也。

但他是我们的一个很好的朋友,我很尊重他的才学、修养和知识。他的字,写得娟秀无比,他的诗,写得委婉,富有风情。他对朋友,有求必应,应必有信,做事认真,一丝不苟。

他自幼家境不好,上了几年中学,就当小学教师,投稿,考入报社当练习生。他是旧社会培养出来的文人,他只相信,收获是耕耘而来。他知道职业的艰难,应尽的职责。他知道吃饭不易,要努力工作。

他的习惯就是工作,为了工作,求取知识。这就是生活。他习惯清苦,并不知道什么叫时髦,什么叫人间的享受。有一次,他把一个用了多年的笔洗送给我,说:

“我还有一个好的,已经换上用了,我也该享受享受了。”

换用一个新笔洗,对他就是享受。

有一次,我送给他两锭旧墨,他马上复信,非常感激,好像受宠若惊。我想:如果他突然得到诺贝尔奖金,他就会活不下去了。这种人是不能大富大贵的。

正因为如此,他是安分守己的,按部就班的,不作非分之想的。过去,没有从大锅里捞取稠饭自肥;现在,更不会向国家仓库伸手自富。他做梦也不会以权谋私。

别人看来,他是一个不入时的,微弱渺小的,封闭型的人物。但是,不久就会证明,在编辑出版部门,他能做的,他已经做过的工作,其精确程度,其出色部分,后继不一定有人,或者有人,不一定能够达到。

一九八七年十一月五日下午

小同窗

现在还能保持联系的,少年时代的同学,就只有李一个人了。

我们十四岁时,在保定育德中学同班。后来我休学一年,关系还是很好。

李,蠡县人,长得漂亮,性格温和,我好和这样的人交朋友。

他毕业以后,考入北平大学的法商学院。我初中毕业,进入了本校新成立的高中。

那时的青年人,都喜欢阅读马列主义的书籍。我除去文艺理论,还喜欢看社会科学方面的书。上海神州国光社,出版一种读书杂志,由王礼锡、陆晶清主编,连续出版了三期对于中国社会史的论战专号,我很有兴趣。我家境不好,没有多少钱买闲书。有两期,是李买了寄给我的,并写信告诉我：虽然每篇文章，都标榜唯物史观，有些人的论点是错误的。又说，刘仁静的文章是比较好的。使我对这位同学的政治学识，更进一步的佩服了。

高中毕业以后，经历了“九·一八”、“一·二八”的民族灾难，我在北平市政机关，当一名小职员。有一天，收到李从监狱寄来的一封信，告诉我他近日遭遇。我胆小，没有到过这些地方，约了一位姓黄的同学，一同去看他。

在一个小小的窗口，和他谈了几句话。我看到他的衣服很脏。他平日是最讲究穿着的。我心里很难过，他也几乎流下了泪。

他交给我一卷稿子，是他写的小说，希望我们找个地方发表。我带回住处，自己写的东西，都没有出路，往哪里去投呢？不久，我失业了，把稿子带回乡下家里。后来，我好像从一本刊物上，看到过这篇作品，可能他又交给了另一个人。

少年时的同学，在感情上，真有点亲如骨肉，情同手足的味道。他虽然没有到过我的家中，我的母亲、妻子和住在我家的表姐，都知道他的名字。

一九三七年，他从监狱里出来，就参加抗日工作。人民自卫军驻在安国县时，他住在我父亲的店铺里。因为有他,我出来抗日,父亲的疑虑就减少了。我是独生子。

不久,自卫军转移到我的家乡安平县,那时他是民运部长,各县的动员会,都归他领导。

有外地的一个香火头子,在我们村庄弄神弄鬼,我的堂弟也混在里面。我对他说了这件事。他说,这和民运有关。第二天,就有几个旧衙役,来到我们村庄,制止了迷信活动。乡下人很怕官差,有几个头面人物,出来应酬。衙役却不吃不喝,讲明道理就走了,老年人都说,从来也没见过,官事这样好应付的。

一九四〇年,他到延安去了。过了几年,我也到了延安。他同一位医生结了婚。到鲁艺看我,总是带上一本粉连纸印的军政杂志。他知道我好吸烟, 延安的卷烟纸,是很难买到的。

建国以后,他先是当中南局的组织部副部长,后当中宣部的秘书长。很快就要提拔为副部长了,因为替一个作家,说了几句话,一下成为右派。先是下放劳动,后来就流放到新疆石河子去了。

临行前,他到天津来了一趟。我给他一些钱作为路费。另外送他两部书:一是《纪氏五种》其中有关于新疆的笔记。一是《聊斋志异》,为想叫他读来解闷的。他说,“聊斋,你留着看吧。”

平反以后，他当了中纪委的常委。他的照片，和国家领导人排列在一起。我也感到光荣，对人说：

“官儿，李做得够大了。这在过去，就是左都御史！”

他到天津公干，来到我家。车是天津纪委的。他说，如果在我这里吃饭，请把司机招待一下。我虽然在心里怪他：你这官儿做得太窝囊了。比你小得多的人物，从北京来，都有自己的专车。还是满口答应了。那一顿饭，我只是应酬司机，也没有很好照顾他。

饭后，他和我闲谈了一会儿。我向他发牢骚，说社会风气如此，我真想找个地方隐遁去了。他没有批评我，只是笑了笑，说：

“哪里也是一样。”

回想一下，相交这么多年，我并没有多少机会，同他天南海北畅谈过，更没有酒肉的征逐。但我从少年时就信赖他，后来，更深深体会到，他真正关心我。

五十年代，我病了以后，住医院，住疗养院，都是他帮助安排的，使我得到了极其优越的待遇。他并私下里询问天津的熟人，我的病是怎样得的。被询问的人说，是因为夫妻不和，他就说，那样就不必叫他爱人来看他了。后来又听人说，我和妻子感情很好，他又笑着说，那就叫她常常来看看他吧。

七十年代，老伴去世，我又结了一次婚。他同这位女同志见过一次。不多几年，又闹纠纷，提出离异。他知道以后，很关心，几次征求我的意见，要给女方写信，挽回这件事。我说，人家已经把东西拉走了。他说，拉走东西，并不证明就不能挽救。我还是没让他写。

文化大革命，他备受折磨。那时他还没有得到平反，是到北京来办事的，却有心情给别人撮合。

最使我想起来感动，也惭愧的，是他对我的体谅。有一次，他到天津，下了火车就来看我，天已经黑了。他是想住在我这里的，他知道我孤僻，就试探着问：

“你就一个人睡在这里吧？”

我说是，却没有留他住下。他只好又住到他哥哥那里去了。

如果是别人，遇见这样不近人情的事，一定绝交了，他并不见怪。

忘记是哪一次，他又谈起文艺界的事。我说：

“你不要管这些人的事了，你又不了解他们。一次亏，还没吃够呀！”

他也只是笑了笑。我想，他做组织工作惯了，总是关心别人的处境。

十三大闭幕的那天晚上，我听广播，中纪委的名单上，没有他。这是因为年岁，退下来了。我想给他写封信，又一想，他会给我来信的。昨天，收到了他的信。看意思，是要写点东西了，我马上回信鼓励。

一九八七年十一月二十日下午

谈自裁

当名伶阮玲玉服毒自杀，谣啄纷纭之际，鲁迅著文说：“自杀是需要勇气的，不然你就去试试。”

文化大革命刚开始，我的脑子还是很清楚的：这又是权力之争，我是小民，不去做牺牲。但不久就看到，它是要把一些普通的老百姓，推上祭坛的。忍受不了批斗的耻辱，还是决定自杀了。

一天晚上，批斗大会下来之后，我支开家人，就关灯躺下了。我睡的是一张钢丝床，木架。床头有一盏小台灯。我躺下以后，心无二念，从容不迫地把灯泡拧下来，然后用手指去触电，手臂一下子被打回来，竟没有死。第二天早上，把灯泡上好，又按时去机关劳动，只是觉得头有些痛。

我想死得舒服一些，但没有做到。我对电没有知识，不知道为什么竟没有死。

此后，还是想死。每天，我在五层的大楼搞卫生，手里提着一个小铁桶，上上下下每到一层转折处，从上往下一看，像一个深深的天井，我想跳下去。但总是迟疑一下，就又走去了。

我们在楼顶上“学习”，一天晚上，我站在围墙边，往下看，马路上，车水马龙，行人不断。纵身一跳，一定粉身碎骨，血肉模糊了。正在乱想，围墙上的电灯，忽然都亮了。有人在冷冷地监视着我，我又进屋学习去了。

在干校，我身上带着一包安眠药片，大约有四五十片，装在破棉袄的上边口袋里，是多日积攒起来，准备用于自杀的。每天晚上，我倒一小玻璃杯水，放在枕边，准备吞服。但是，躺下以后，不容我再思考一下，我就疲劳地睡去了。有一次，把杯子打翻，把褥子弄湿了，第二天拿出去晾晒，引起“造反”头头的质问，我说是夜里咳嗽。

干校附近有条河，我立在岸上发过呆。给牲口铡草时，有一把锋利的镰刀，在我手边，我曾想在脖子上抹一下。终于都没有做到，直到我被“解放”。

论曰：自裁，自尽，自杀，皆我国习惯用语，即自己结束自己生命之谓。为减少血淋淋之感，题目乃用裁字。很难说，“造反”者在迫害一个人的时候，希望他自杀。但“造反”

者不怕被迫害者自杀，则甚明。被迫害者，如能深思一步，意识到此，或可稍减轻生之念。我之友人，自杀者甚伙，多烈性人，少优柔寡断如我者，惜无人于彼等临危之时，进此一言。

呜呼！自叶赛宁的诗："死是容易的，活下去是艰难的。"出，人以为自杀名句。近又有人，引另一作家坎坷之言，"容易"之下，更加"舒服"二字。此皆愤激之言，非常情之言也。后一作家于临终之时，曾语亲人："死为何如此痛苦？"况非常之死乎？毕加索认为：痛苦为人生之本质。然彼之生活，非常浪漫，丰产而长寿。我等宁可信司马迁之言，不可信叶赛宁之言。

我乡有谚语：好死不如赖活。虽近平庸，仍不失对轻生者之一劝也。

一九八六年四月二十六日下午记

谈头条

近年刊物，受官场影响，也讲平衡，对于名次篇目排列，极为用心，并有“双头条”之创造。刊物以作品质量分先后，无可厚非。过去，如《文学》，称为权威刊物，鲁迅系编委之一。即鲁迅所作，也并非一定居首。如果他写的是杂文，那就必须按文体归档，多半排到中后去了。在鲁迅主编的刊物上，从未把自己的作品，列为头条，更不用说儿女们的作品了。他所写的《立此存照》等短文，刊物也真的把它们作为补白，作者编者，均不以此为忤。这当然都是前辈人的老观念。

八十年代，人才众多，出现了一批“头条作家”。这种作家，很像四大须生，四大名旦，只能各自挑班，不能屈尊第二。但因为每期刊物，只能有一个头条，除去运用“双”法之外，就只好轮流坐庄了。作家本身也有办法，轮流投稿。本月为甲刊之头条，下月为乙刊之头条。刊物也乐于重金礼聘，包吃包住，你邀我抢，就像过去名角跑码头一样。

既跻身头条作家的行列，即使给个二条，也会生气不干的。即使写出的是篇拆烂污，也非上头条不可。这就使那些热心的主编们伤神了。

我混迹文坛半个世纪，所作平庸，从未当过名刊的头条。报纸副刊之上，近年容或有之，也不多见。因此养成一个甘居下游随遇而安的习惯，稿件投寄出去，只是希望人家给登出来，至于登在什么地方，是很少考虑的。

前些日子，有一家大刊物的两位副主编，来到舍下，闲谈间，也顺便叫我写点东西。过了两天，我写了一篇说是散文也可，说是小说也凑合，不到一千五百字的小文章，就寄给他们，原以为采用就不错了。谁知道这一次竟大爆冷门，很快收到一位副主编的信，不只认为那是一篇小说，并称之为“短篇佳作”。我想，这是老朋友对我的鼓励，不以为意。

很快又收到他寄来的一份校对完好的清样，说明不要我寄还，只要我保存。在阅读中间，我发现页码非常靠前，实在出于意外，不明究竟，我还问过一位编杂志的同志。他笑了笑说："你的作品发的是头条！"

我想：这还是对我的鼓励。我老了，不常写小说，凭年岁当了个头条。

接到刊物，看了目录，这位同志又向我说：这种措施，叫"双头条"。

又看了编后，又看了下一期编后，才知道头条的全部学问。当然这是新学问。

对于老年人来说，一是感激刊物，感激相识的编辑们。二是，以后千万不要再到这些名人场所里掺和去了，实在没有意思。

一九八六年八月三十日下午

谈杂文

杂文这一名目,不见于《昭明文选》,也不见于《唐文粹》,却见于宋初编辑的文学总集《文苑英华》。《文苑英华》用二十九卷的篇幅(卷351—379),选录了它所谓的杂文。它又把杂文,按不同的性质,分为十五类。即:问答、骚、帝道、明道、辨论、赠送、箴戒、谏刺、纪述、讽谕、论事、杂制作、征伐、识行、纪事。其中明道、谏刺两项,又各附杂说。

这种分类,显然是不科学的,也是混乱的。例如明道和辨论;箴戒和谏刺;纪述和纪事;杂说和杂制作,就很难区分,可以归并。实际上,它所收罗的这些杂文,归并成三大类也就可以了。这就是:说理,纪事(包括记人),讽谕(也就是寓言)。

应该说,杂文是散文中的一体,而这一体,是把那些容易定名称的文章,分出去以后,汇集其余而成。因为形式杂,内容杂,所以再给杂文分类,就更困难。我们姑且不要去责备《文苑英华》分类上的缺点。它为我们确立了一个杂文的名目,列出了几百篇文章,让我们阅览,得识中国的杂文,源远流长,在唐代(它主要收集的是唐文)已经有这么精粹的杂文范本。对于编者,后人是只有感谢欣慰之情了。

《文选》是中国最早的一部文学总集,它对文体的分类,不过是:赋、诗、骚、诏、表、书、序、论、碑文等等。这种分类法,一直被沿用。但是,文章的体式,是不断发展变化的,花样越来越多。有些文体,过去是大户,是热门,后来就消歇了,没有了。这主要与政治、社会情况有关,与实用有关。例如古文中的诏、表、制、策等等形式,现在就只能在书本上见到了。新的复杂的社会生活,要求新的多样的表达形式,新的文体,应运而生,是很自然的事。唐以后,杂文这一形式,因为能包罗万象,运用自如,就来了个大发展。表现方法,也越来越丰富灵活了。

文章一事,也很难说。诏、表虽然没有了,代之而起的是讲话、决议和报告。碑传之体,一直不衰,现在重视的是悼辞。诗词为性灵抒发之工具,人们一直把握着,广泛运用。至于书、序、论之作,那就更触目皆是了。

但是,杂文是一种比较灵活的文体,它的动向,不只有纵的开发,还有横的渗透。把一些原有自己疆土的文体,变化归纳在自己的版图之内。

请同志们打开鲁迅的杂文集。其中除了杂感随笔以外,还有通信(论创作和翻译),序跋(中国文学大系小说第二集等),有记人记事的类似小说速写的,如《阿金》,也有完全是散文的,如《为了忘却的记念》。此外有记典故的,记时事的,和有关文籍史料的文章。一些严肃的理论,如《对左翼作家联盟的意见》,也编辑在内。

鲁迅把这些文章,编入杂文集,当然不是权宜之计,是有根据的,有传统的。

现在有人认为杂文就有一种:鲁迅的杂文。杂文就有一种笔法:鲁迅的笔法。这是一种误解。杂文绝非鲁迅一家,古典的先不说,"五四"以后,写杂文的人很多,有成就有风格的也不少。上海是繁华之地,报纸副刊多,杂文登的也多。人称海派杂文。京派地处幽燕,国事一直纷扰,除故作闲适者外,有内容有感触的杂文也常见。鲁迅成为杂文的泰斗和象征,领袖杂坛,有时代的和他个人的因素。时代需要他这样的杂文,他也勇于献身,并具备写好这种文章的素质。海外有些评论家,国内也有一些人跟随,以为鲁迅的杂文,不是文学创作,并假惺惺地为他惋惜,是何居心,不得而知。

我以为鲁迅杂文,在当时能起到那样大的影响,并非偶然。是因为:一、他的杂文的时代作用;二、他的杂文的战斗实绩;三、他的文章的功力示范。

确实如此。当年每逢读到他的一篇杂文，都会感到:这不只是投枪、匕首;更是号角、战鼓;一字一句,都具备十里埋伏,八面威风,所向披靡的力量。可惜这种讲法,目前已被看作陈词滥调,为很多人听不进去了。

鲁迅的杂文笔法,也不只是一个笔法。如果学不到精神,只学到皮毛,那就只能照虎画猫,玩弄一些挖苦、俏皮、讽刺的字眼,成为浅薄平庸之作。

关于鲁迅笔法,延安时期,有人提出“还是鲁迅笔法”,受到批评。这种笔法,也就没人再敢研究。现在又有人提出:“还是鲁迅杂文的土壤”,运用这种笔法,好像又有了更深厚的根据。土壤,经过半个世纪,可能还会有些变化,不会和鲁迅时代完全相同。

我以为,学习杂文,不能只学鲁迅一家,也要转益多师。也不能只学他的杂文,还要学习他的全部著作,包括通信和日记。学习鲁迅,应该学习他的四个方面:他的思想,变化及发展。他的文化修养,读书进程。他的行为实践。他的时代。

不能把鲁迅树为偶像。也不能从他身上，各取所需，摘下一片金叶,贴在自己的著作、学说之上。比如“改造国民性”,如果认为我们的国民性,一无是处;而外国的国民性,毫无缺点,处处可作中国人的榜样,恐怕就不是鲁迅的本意。对中国传统文化,也是如此。再比如“拿来主义”,如果以为捡拾外国人的洋破烂,如旧西服之类,也是鲁迅的拿来主义,那恐怕就很糟糕。对西方文化,也是如此。鲁迅确实主张,并且身体力行,借鉴外国的进步文化成果。但如果认为凡是外国的,就都是好的,可以拿来的,那就像他讽刺西崽像的文人一样:“英文,英文,一笑,一笑了。”

改造国民性,老实说,并不是一两篇小说,一两个新的学说,所能奏效的。如果是那样,“五四”以来,这么长的时间,早该改造好了。这要靠政治、经济、教育、法制,共同努力,才有希望。当然,文学也是一种教育手段。但近来一些论者，又不愿承认这一点。你不承认文学可以教育人民，又如何实现你的改造国民性的宏愿呢？恕我直言,如果只靠当前这些文学作品,慢说改造国民性,连你那个大杂院的居民性,也改造不了分毫!

文化大革命以后,我们的杂文,有很大的发展,很大的成绩。名家辈出,形式多样。继续吸收古今中外杂文创作的经验,杂文的前途是无限光明的。

一九八六年十月二十日改讫

风烛庵杂记

一

五十年代末,一位姓王的文教书记,几次对我说:“你身体不好,不要写了,休息休息吧!”我当时还不能完全领会他的好意,以为只是关心我的身体。按照他的职务,他本应号召、鼓励我们多写,但他却这样说,当然是在私下。我后来才体会到,在那一时期,这是对我真正的关心和爱护。

这位书记,已经在文化大革命中惨死。他自然也不是完人,也给我留下过不太好的印象。但总起来说,他是个好人。古人称这样的人为君子,君子爱人以德。

二

有那么很多年，谁登台发言，或著文登报，“批判”了什么人，就会升官晋爵。批判的对象越大越重要，升的官位就越高。这种先例一开，那些急功好利之徒，谁不眼红心热？流风所及，斯文扫地。

一九四八年，我当记者时，因为所谓的“客里空”错误，受到一次批判。我的分量太轻，批判者得到的好处，也不大，但还是高升了一步。

冤家路窄，进城以后，我当记者，到南郊区白塘口一带采访时，又遇到了这位同志。他在那里搞“四清”是工作组的成员。他特别注意我的采访，好像是要看看，经过他的批判，我在工作上有没有进步。有一次，我到食堂去喝水，正和人们闲聊，他严肃地对我说：

“到北屋去，那里正在汇报！”

我没有去。因为我写的文章，需要的是观察体验，并不只是汇报材料。

文化大革命期间，这位同志，和我同住一间牛棚。一同推粪拉土，遭受斥责辱骂，共尝一勺烩的滋味，往事已不堪回首矣。

三

凡能厚着脸皮批判别人的人，他在接受别人对他的批判时,脸皮也很厚。文化大革命初期,我和一位同志同受批判,台上发言者嗷嗷,台卜群众涛涛,他不动声色地坐在那里,光着的两只脚,互相磨擦着,表现得非常悠闲自然。后来“造反派”不断对他进行武斗,又把他关了起来,他才表示屈服。

四

“文革”那几年,编报也真难。每天有领袖像,而且越来尺寸越大。不只前后左右，要注意有无不好的字眼,就是像的背面,也要留心。只要有人指出,有什么坏字坏词,挨上了相片,那就不得了。那时报纸上,咒骂和下流的话语又很多,防不胜防。每日报样印出,必经多人审查,并映日光而照视。虽然“造反派”掌握了新闻大权,也是终日战战兢兢,不知什么时候,成为现行反革命。

五

“文革”时,我们这些“走资派”搞卫生,照例是把纸篓里的脏纸,倒进院里的大铁桶,以备拉走。有一次,不知是谁那么眼尖,看到了从报纸上撕下的一片领袖像。那时,每天的报上,都有大幅领袖像,恐怕是谁一时不留心用了,随手倒进去也就算了。他却捡出来,报告了造反总部。一经报告,又有物证,必须查处。一阵人慌马乱,还终于查出来了。据说是传达室值夜班的一位女同志。这位年纪轻轻的女同志,从此患上神经病,两年以后,投河自尽。

六

现在,我想,人是有君子、小人之别的。古代的哲人,很早就发现了这种区别,并描绘了他们的基本特征。有关小人特征的古语是:见利忘义。势利小人。近之则不逊,远之则怨。小人得势,不可一世,等等。

人,成为君子,或成为小人,有先天的,即遗传的因素,也有后天的,即环境的因素。文化教养,也有影响。古代和近代,都曾有人主张经过教育,可使人成为君子,失去教育的机会,乃成为小人。实际上,一般文化教育,起不到这样的作用。法律和法制,却可以起到这种作用。所以,历代都重视“律”。

抗日战争是一种神圣的民族解放战争,在当时,舍身卫国,志士仁人,到处都可以遇到,人人思义,人人忘利,人人都有可能成为好人。文化大革命期间,及其以后若干年,为何随时随地都可以遇到不折不扣的小人之行呢?显然不单单是教育或文化的问题,而是当时的环境,政治土壤,培育了君子之心,或是助长了小人之志的结果。古语说:“小人唯恐天下不乱”。文化大革命取消了作为国家命脉的法制,使那些小人真的变得“无法无天”了。

一九八六年四月十七日剪贴旧作

风烛庵文学杂记

写历史，就专门去找那些现在已经绝迹，过去曾经被洋人耻笑的东西。改编古典文学，忽视其大部精华，专找那些色情糟粕，并无中生有，添枝加叶，大作文章。写现实，则专找落后地区的愚昧封建，并自作主张地发掘其人物的心理状态。凡此，都是出于一种“创作思想”：即认为这样写，是可以受到海外的青睐，青少年的爱好，评论家的知音。弄好了，可以成为什么名人，可以得到什么奖金。凡是这种“文艺家”，都是主张中国文艺需要“现代化”的。题材陈腐，思想低下，又要运用现代手法，这真是一种矛盾，一种畸形。

这些年，文艺工作上的一些做法，一些理论，导致了一些奇奇怪怪的作品。这种作品的问世，受害的不只是读者、观众,也包含作者本身。原来是不错的,也有一定的写作才能,经不起热浪的冲击,终于顺流而下。有的从好到坏,只有一两年时间。至于出版社,制片厂,如果因此致富,那赚的是昧心钱,如果赶的时机不好,赔了钱,那是报应。文艺评论,应该是帮助作者,步步向上,不应该诱人下水,毁灭作家。

有的作家,还是很年轻,是可以"改邪归正"的。因此,对他们的作品,可以批评,但不要乘机诅咒谩骂他们。有的报刊,前些日子,还在为一些时兴理论、一些热门作品,鼓掌叫好;气候一变,就跺起脚来,高声叫骂。这种自表清白的做法,实在不怎么样。

读书如同游览,宁可到有实无名之区,不遑去有名无实之地。《归有光文集》,四部丛刊本,有十二册,不算不厚。但人们经常诵读的不过三四篇。在这三四篇中,《寒花葬志》不过二三百字,却是最实在的作品。所谓实在,就是牵动了作者的真情。因此,所记无一字不实,亦无一字非艺术。

如果文途也像宦途,(实际上,现在文途和宦途,已经很难分了。)急功好利,邀誉躁进,总是没有好结果的。应该安分守己，循资渐进。不图大富大贵，安于温饱小康就可以了。

近年来，颇不喜读文艺作品，特别是文艺评论之类，因其空洞无物，浪费时间，得不到实际的东西。有时甚至觉得：反不如翻翻手头的小字典，多认识几个字，多知道几条典故。宋朝印刷术发展，刻书之风很盛，私家著述多能流传。近读李心传《建炎以来系年要录》，四厚册，其中保存文献甚多，暇时读一二页，不只识史事，也是读文章。较翻字典，又实惠多矣。

有人说，从事文艺，能否成名，要看机遇。我不反对这种说法。文艺界既是人间一界，其他界可以有平步青云的人，这一界就没有白日飞升的人？但文字工作，究竟还要有些基础才好。当前的一些现象，例如：小说，就其题材、思想、技巧而言，在三十年代，可能被人看作“不入流”；理论，可能被人看作是“说梦话”；刊物会一本也卖不出去；出版社，当年就会破产。但在八十年代，作者却可以成名，刊物却可以照例得到国家补助，维持下去。所有这些，只能说是不正常的现象，不能说是遇到了好机会。

所谓机遇，指的是，一个人原来并没有打算从事文艺，后来因为某种机会使他参与了这种工作，年深日久，做出了成绩，得到社会的承认。我们读一些作家的传记，会常常遇到这种例子。但就是这些作家，在他没有遇到那个机会之前，他还是在这方面做了很多准备，例如读书、生活等等。

天赐的机遇是没有的，如果有，总是靠不住的。这些年，这种事例，我们已经看到不少了。

文艺工作，也应该“行伍出身”，“一刀一枪”的练武艺，挣功名。

凡是伟大的艺术品，它本身就显耀着一种理想的光辉。这种光辉，当然是创造它的艺术家，赋予它的。这种理想，当然来自艺术家的心灵。

不受年代、生活的限制，欣赏这件艺术品的人，都会受到这种理想之光的指引和陶冶。如果站在这件艺术品面前，感觉不到这种光辉，受不到陶冶，这样的人是难以从事文艺工作的。

理想、愿望之于艺术家，如阳光雨露之于草木。艺术家失去理想，本身即将枯死。

理想就是美，就是美化人生，充实人生，完善人生，是艺术的生机和结果。失去理想,从反映现实,到反映自我;从创造美到创造丑;从单纯到混乱,不只是社会意识的退化,也是作家艺术良知的丧失。

一九八七年四月

风烛庵文学杂记续抄

近来,有些作家常常指责领导者、评论家,不按艺术规律办事。很少有人自问,他的“创作”是不是完全符合艺术规律。

艺术规律,并不像科学上的定律,那样死板,一成不变。但也并非那么神秘,深不可测,高不可攀。前人著述,多道及之。因为每个人的情况不一样,故总结之甚难。例如,任何艺术劳作,必先有生活基础及其认识。有生活基础者,不一定有足够认识;有足够认识者,又不一定从事于艺术劳作。一个人成为艺术家, 往往有很多偶然因素。《红楼梦》作者生活和认识的规律,不全同于《水浒传》作者,这是很明显的。客观对创作的影响,也有时明显,有时隐晦。《红楼梦》产生于乾隆年间;《静静的顿河》,产生于斯大林时代,很难用政治环境作一般解释。外国的诺贝尔奖是一种规律,中国的穷而后工也是一种规律。高级宾馆是一种规律。绳床瓦灶也是一种规律。有的文章,纸墨未干,即洛阳纸贵;有的文章,则要束之高阁,藏之名山。

主观方面,即作家的素质、修养和努力,是艺术成功的主要规律。其他方面,可谈可不谈。

某文学期刊,销数下降,不从作品质量着想,却一再更易刊名。更名并不能使订数增加,又用裸体画作封面封底。初尚含蓄,或侧或卧,后来干脆赤身仰卧,纤细无遗。当然,都标明是外国油画,是美术作品。裸体画,也有高下,也有美丑。用到此处,其目的,并非供人欣赏,而是刺激读者眼目,以广招徕。然刊物销数,下降如故。实出乎设计者之意外也。有人说,这就是"搞活和开放"。我说,美术,用于不当之处,即为亵渎。将来如何开放,也不会家家用两幅裸体女人,代替传统的门神。

年关将近,与某文艺出版社负责同志,谈论明年出书赚钱之道。据说办法不多,很多家出版社,又在打《金瓶梅》的主意。然"古本"既有违宪章,不能照印;节本已有"人文"印本,再出亦难。不少人为此,大费脑筋。过去上海有句俗话,除去做金子生意,就是开文艺书店容易赚钱。现在出版社,除去出版此类书籍,竟无其他生财之道,是何故欤?负责人问计于我。我说:好办。文艺出版社太多,文艺期刊也太多,人浮于事,质差于量。关停并转可也。然此话实等于不说。

书是卖给读书人的。读书人买书, 是为了求知识,求长进,必如生活中之菽粟布帛,方为有用。谁家有那么多的闲钱,专买武侠淫乱小说或裸体画片,去装饰书架,教育子女?即如《金瓶梅》也只能购买一部,哪能屯聚多部,以示富藏?一些刊物之销路不佳,一些出版社,不从国计民生上着眼,坐吃山空,濒临破产,是不可怪矣。

文艺这一领域,过去,虽曾使许多作家遭殃,然亦曾使一些人发迹。近日仍有一些聪明人,好谈文艺问题。所用口吻,完全变了一个花样,多为文艺界鸣不平,仗义执言,主持公道。原其用心,则有仍同以往者。如真以文艺比作殿堂,则过去进来骂神毁佛者多,今日则烧香祷告者众矣。

连日披读《新文学史料》,中国近代作家之命运,可谓惨不忍睹矣。在当时压力下,文人表现的状态,亦千奇百怪。今日观之,实地狱景象。经此惨酷,幸遇升平,仍有人斤斤于过去琐碎之事,观点之异,意气不消,不死不止,至可叹也。余当戒之矣!然文人好弄笔墨,甚难觉悟也。

余与王任叔,并不熟识。一九五六年春天,余到南方旅行,他也带几个人到南方出差,于南京金陵酒家餐厅相见,后又在上海国际饭店相遇。当时周而复约我们同游黄浦江,王即应约,余以疲劳未去,故未得深谈也。

于一九八六年第三期《新文学史料》,读其自传、日记等材料,哀其遭际,叹息久之。

逐期阅读《新文学史料》上刊载的茅盾回忆录。这不只是他个人的生活史和文艺活动史,也是中国文坛近几十年来的历史剪辑。创作方面且不论,其记述理论工作之建设发展,及其背景,我以为都是客观的,真实的,可以总结出经验,并从中得到教益。例如作家深入生活,民族形式的运用,文艺大众化,现实主义创作方法,文艺与政治,作家的世界观等问题,都可以从中回顾一下。

阅报,见有人提出"自我调节"的什么主义。读书少,不得其解。细绎其全文,亦不见明确诠释。“发展了的”,我们听得多了,还有一段时间,发展到了顶峰。什么叫“自我调节”呢?就像自来水开关一样,水流可大可小;要粗就粗,要细就细;或完全封闭,或放大闸门。这样做,还成为一种主义吗?

有人制造新学说,追随者唱和,以为得未曾有,是发展了的文艺理论。有人略表不同意见,加以辩难,即利用职能,组织文章,斥为陈腐、老作风。并于按语中暗示:新学说有利于改革大业云云。

拉大旗,作虎皮,围攻谩骂,这种作风,是新的?是“发展了的”吗?我看,和三十年代有些文艺论客的战术手法,没有什么两样,且有过之之处。例如争取外援。

读一篇评论文章,其中有“如蝇逐臭”,“以肉麻当有趣”等语,不觉失笑。因该文主旨,在于吹捧无聊、下流的小说,厚颜正如此也。

报载,有作家谈:他在美国出版的书,几乎没有什么影响,原因是我国的经济不强盛。另一作家谈:我们的革命英雄主义等等，外国人并不理解。写些真实自然的生活，即使暴露一些阴暗面，却会达到较好的宣传效果。人家看了会觉得可信。还说明中国真的民主开放了。这样的宣传，其作用比作品本身还要大云云。

没到过外国，更没有在外国出过书，不了解情况。但是，为什么在外国，英雄主义就不可信，阴暗面就可信呢？外国人认定我们这里不会有英雄主义，只会有阴暗面吗？怎么说，有了阴暗面，就证明中国民主开放了呢？起宣传作用的，应该是书。又怎么说，这样的宣传，其作用比作品本身还要大呢？

外国出版中国文学书籍，详情虽不得而知，中国出版外国文学作品，则略知一二。翻译者选择原著时，必先审视，是否适应本国读书界之需要。清末，争译弱小国家独立斗争史；五四运动以后，争译个性解放之作；十月革命后，争译苏联小说。此外，则译世界各国文学名著。照顾社会各方面的兴趣，也译一些英雄传记、伟人轶事、侦探小说等。以上翻译，大都是着眼于国内的政治、思想、文化知识的需要，所选也都是各国的进步文化的成果，并不去找人家的落后或阴暗面也。

但国外有些出版商或读者,对中国有这种想法,是很可能的。从他们翻译的中国文学作品中,是可以看到这一点的。但也只是支流,不是主流。不是有很多外国作家,也辛辛苦苦,到中国来,访求我们的进步、光明和英雄主义事迹吗?

一九八六年十一月二十日剪贴近作

风烛庵文学杂记三抄

一个作家,声誉之兴起,除去自身的努力,可能还有些外界的原因:识时务,拉关系,造声势等等。及其败落,则皆由自取,非客观或批评所能致。偶像已成,即无人敢于轻议,偶有批评,反更助长其势焰。即朋友所进忠言,也被认为是明枪暗箭。必等它自己腐败才罢。所谓自作孽不可活也。

一个作家,如果公然著书立说,丑化自己祖国的历史及其文化,并以为当今天下读书人,都成了聋哑或趋炎附势之徒,不能或不敢对其作品有任何非议,其设想,正如其作品一样,可谓狂妄荒诞。

过去,强调文学的政治作用,现在又强调文学的消遣作用。消遣文学,古已有之,也有高下。也有消遣得好,消遣得糟的分别。我还是相信为人生的文学这个陈旧的口号。

三十年代,现代书局有一本《文艺自由论辩集》。其中有瞿秋白一篇《文艺的自由与文艺家的不自由》,是批判胡秋原的。文内引了《红楼梦》中有关林黛玉的话:"子之生兮不自由,子之遇兮多烦忧"。说明作家,作为社会之一员,不可能是完全自由的。

现在报刊,登载吹捧文章时,一篇独行即可。如登载批评文字,则必配备一篇说好话的,以示半斤八两。这种做法,并不足取。一种报刊,应有主见,才能引导读者,态度暧昧,只能算是糊涂断案。

现在,浇花园丁这一名词,很时髦,人们都爱用。按自然界,浇花,锄草,松土,施肥,甚至日晒,风吹,都是养花之道。只会一样,不算园丁。

园丁,起码应分清草、苗。如果草苗不分,或硬说草是苗,或苗是草,那就更不像园丁了。

过去,“锄草”者多,甚至把锄草上升为“游动哨兵”。近日浇花,施肥,装聋作哑者多,其实水浇多了,施肥过量,也不一定对花有利。

好像只有恭维,只用金钱,文学才能繁荣。不久就会证明,并非如此。只有实事求是的文学批评,从各方面提高作家的素质,才能促使文学真正繁荣,并可望产生伟大作品。

弗洛伊德的学说,三十年代,就介绍到中国。日本厨川白村的《苦闷的象征》,作为文艺理论,实际上在很多地方,运用了弗氏的学说,介绍来的更早一些。但当时在国内,并没有引起多大的注意。至于尼采、叔本华的学说,介绍到中国,则是在清朝末年,王国维的一些文艺思想,就是从他们那里来的。《人间词话》一问世,人们都感到新鲜,曾经冲击旧的诗词之学。但到了三十年代,就是王氏的学说,也沉寂起来,很少有人提说。

到了八十年代,这些学说,又被人拾掇出来,津津乐道,这也说明,就是学术,在历史上的地位也是忽隐忽现,迂回曲折的。是与政治、经济的进程有关的。

六月十五日，盛英同志赠司马长风著《中国新文学史》一部，盛情难却。余初无意读此等书籍。既得之，随即翻翻。

海外学者，动辄用“政治左右”，视我国文学。其实在这些人的著作中，政治空气更浓厚，立场更鲜明，态度更坚决。此书作者，竟以一九三八——一九四九为文学凋零期。如果当时的作家们，都不去抗日，都袖手旁观，都关在象牙之塔(那时已没有放这种塔的太平之地)，中国文学，反能进入繁荣期乎！

书中推出的代表作家，一为梁实秋，一为周作人。社团为新月社。此即可见著者之用心矣。然所引材料，多为国内所少见，有些人趋之若鹜，此亦原因之一也。

有不少作家，标榜新的创作观念，文学观念。但细看其作品，也找不到什么新的东西。模糊混乱，甚至看不懂的东西倒不少，但这种“文学”，过去也有过。不能称做新。至于有了“新观念”的作家，在行动上，例如对待名利，表现之陈旧，就更是古已有之的了。

至于评论家的文学新观念，则不外：文学的主体是人；文学的本性是反映社会；文学应是美学之一种，作家应是人道主义者等等,也都是以前常说到的,甚至是老生常谈。为什么,一到他们的手里,都变成了“发展了的”文艺理论了呢?其秘诀有三:一是尽量运用新名词,或把旧词稍加变化;二是大掉一通书袋,以示博学;三是把人类所有学科,近代所有发明,皆强拉硬扯,与文学挂钩。

虽然评论家现在大都不喜欢把文学和政治连在一起,但到紧要关头,还是要借用一下东风。如对自己有利,则摘引官员的谈话。再如有的小说,本来无聊得很,立意庸俗。评论家为了捧场,竟说它的“主题”,是为了当前的改革。改革当然是政治,是顶大帽子,但实在与那篇小说的内容(是内容,不是作者给作品加上的标签)连不到一起。如果强拉到一块,那真是对改革大业的不敬。

前几年,有人写了“名山事业”和“宾馆文学”两篇短文,好像是大惊小怪。现在,则成了“踵事增华,变本加厉”的局面。宾馆成了稿件的主要开发市场,作家食宿,日一二百元,竟有交一短篇,开销数千元,不以为怪者。名山旅游,成群结队,一场笔会下来,报销数万。这些刊物,每年靠国家津贴,尚且维持不下去,在这些方面,却表现如此大方。是慷国家之慨也。有人并可从中谋取一点私利。

过去,文艺评论,大批判者多,分析者少。前几年,才有人呼唤史诗的到来,并圈定了不少史诗。不久,又全部否定过去的成绩,认为并没有产生过像样的作品。最近,评论家们又忙于创造新学说,创立新学派。浅薄者根基不厚,无师难于自通,常常只有一个题目,不能自圆其说。博学者,虽运用中西比较之术,引证繁多,然只是堆砌材料,主导思想不明确,终于不能自成体系,常常落入前人的旧套。丢下棍棒,拿起书本,终是可喜的现象。

一九八六年九月十日剪贴近作

我的农桑畜牧花卉书

一 《齐民要术》

后魏贾思勰著　商务印书馆国学基本丛书简编本

一九三八年六月印于长沙

前有序，历数神农，后稷，及先圣贤哲，教民耕作，重农桑之言。反复抄引，不厌其详。中多名句，至今引人深思。

淮南子曰：圣人不耻身之贱也，愧道之不行也。不忧命之长短，而忧百姓之穷。是故禹为治水，以身解于阳睢之河；汤由苦旱，以身祷于桑林之祭。神农憔悴，尧瘦臞，舜黧黑，禹胼胝。由此观之，则圣人之忧劳百姓亦甚矣。

农事多神话,所述非帝王之形象,乃农民之形象。

贾思勰做过高平太守，此书当亦教民之言。“起自耕作,终于醯醢”,书之内容也。

二 《农书》

元王祯著　商务万有文库本共三册

此书，鲁迅先生曾向青年推荐。余另有民国十三年，山东公立农业专门学校图书馆,大字线装本,共四册。首为郭葆琳序;郭,农校校长也。次为张恺题辞,为五言长诗,末有句云:“从此世界中,勿笑黄种黄,黄种有农师,山东东平王。”

> 《四库全书提要》云:“祯字伯善,东平人,官丰城县尹。……元人农书存于今者三本,农桑辑要,农桑衣食撮要二书,一辨物产,一明时令,皆取其通俗易行。惟祯此书,引据赅洽,文章尔雅,绘画亦皆工致,

可谓华实兼资。”

余粗读其文，而观其图，除蚕桑之事，颇为生疏；农耕器用，均与儿时所见所用者无异。中国农业之发展，长期近于停滞，原因甚多，农民生活之不得改善，乃其主要者。

三 《农桑辑要》

元司农司撰，末有道光二十年知合肥县事丹徒陆献跋。系据乾隆时武英殿聚珍本重刊，四册，有布套，价三元。

四库提要云：“盖有元一代，以是书为经国要务也。”又说：“详而不芜，简而有要，于农家之中，最为善本。当时著为功令，亦非漫然矣。”

书分七卷。卷一，典训，耕垦。卷二，播种。卷三，栽桑。卷四，养蚕。卷五，瓜菜。卷六，竹木。卷七，孳畜。

前有至元癸酉翰林学士王磐序：

读孟子书，见其论说王道，丁宁反覆，皆不出乎夫耕妇蚕，五鸡二彘，无失其时，老者衣帛食肉，黎民不饿不寒，数十字而已。大哉农桑之业，真斯民衣食之源，有国者富强之本。王者所以兴教化，厚风俗，敦孝悌，崇礼让，致太平，跻斯民于仁寿，未有不权舆于此者矣。

而陆献跋则谓：

孟子言蚕桑详矣，何以论语无一言及此？不知富之者，富之以农桑也；比及三年，可使足民者，足之以农桑也。制田里，教树畜，盖包括其中矣。

耕堂曰：中国历代重农，以为富国强民之本，并以农桑为兴教化、敦风俗之基础。然以农桑致富，则甚不易。余在农村，见到所谓地主富农者，实非由耕作所致，多系祖先或仕或商而得。未见只靠耕作，贫农可上升为中农，中农可上升为富农。而地主之逐渐没落者则常有。农业辛劳，技术落后，依靠天时，除去消耗，所得有限，甚难添治土地，扩大生产。故乡谚云："人不得外财不富，马不得夜草不肥。"

古人亦云:稼穑艰难,积累以致之。然积累甚不易。稍有识见之地主富农,多经营商业、作坊,或令子弟读书,另谋发财致富之路。后者虽符合耕读传家之道,然能致富者少。弄不好反倒赔本,是对农业资产的一种削减。因宦途难登,做官多非读书之人也。然商业兴,得利者众,则土地日见分散,乃自然之趋势。

凡农书,大都贬低货殖、贸易。《齐民要术·序》称:“舍本逐末,贤哲所非。日富岁贫,饥寒之渐,故商贾之事,阙而不录。”然今之传本,卷七有货殖一篇,首引范蠡之言:“计然云:旱则资车,水则资舟,物之理也。白圭曰:趋时若猛兽鸷鸟之发。故曰,吾治生犹伊尹、吕尚之谋,孙吴用兵,商鞅行法是也。”述货殖通变之道及执业之术。又引《汉书》:“谚曰:以贫求富,农不如工,工不如商,刺绣文,不如倚市门。”皆与序相矛盾,而又皆为社会现实,不得不承认者矣。

历代牧民之官,皆传刻农书,无见传刻商贾之书者,而其税征所得,从商贾来者,随社会发展,逐日增多。重农之说,遂成一句空话,名存实亡矣。

总之,像司马迁所描写的:“不窥市井,不行异邑,坐而待收,与千户侯等”的地主,在汉朝可以有,我在农村,是很少见到了。

四　《蚕桑萃编》

卫杰著　中华书局一九五六年，据清浙江书局刊本排印，一册

卫杰是光绪年间，李鸿章当直隶总督时，管理蚕桑局的人。他在保定西关，买了一些适宜种桑的土地，又在他老家四川请了一些工人来，传授植桑、养蚕、织绸等事，先做试验，然后向各州县推广。当时好像很有一些成绩。他编写了这本书，李鸿章、王文韶、徐树铭，先后给他写了序文。

我在保定读书时，河北大学的农场，有很多桑树，长得很好，恐怕就是当时的桑地旧址。另外，幼年时，家乡子文一带，有大片桑园，恐怕也是当时推广蚕桑的遗迹。

关于北方能否种桑养蚕，历来好像有一些争论。李鸿章等人坚信古书记载，及顾亭林"西北高寒，最宜桑枣"之说，认为可以。前面说到的那位陆献，也是这样主张。实践

证明，北方种棉则可，蚕桑希望不大。后来连桑树，也很少见到了。

不过，他这本书，编写得很详尽，图谱绘制的也很工致。所表现的工艺，比康熙年间的耕织图进步多了。

我从南京古籍书店，购得康熙御制《耕织全图》一册，价三元五角。据四库全书提要介绍，此图系石印本，但我分辨不出是原版，还是后来的翻版。每页正面为图，背面为康熙御制诗。白绵纸印，并有衬页。图内还附有别的诗。宋楼琇撰有耕织图诗，不知是否在内。图也不知道是否根据宋时古本。

我还有一本中华书局一九五六年印的《裨农撮要》，薄薄一册，亦系种桑养蚕之书。陈开沚著。此人系清末寒士，后以桑蚕获利，自述其经验者。清末，有识者注重实业开发，有关著述，颇亦不少。

五　《农政全书》

明徐光启著　中华书局一九五六年精装本　上下二册

《农政全书》,共六十卷,是徐光启汇录历代有关农事之言,及明人著作,参以己见,又经陈子龙等人整理编定的。就其内容来说,称为全书,实不为过。

前有张国维等四人的序。张序最佳,他以天人之学,论说农民、农事:

> 今为末作奇巧者,一日作而五日食。农夫终岁之作,不足以自食也。然则民舍本事而事末作,则田荒国贫之患,谁实受之?故凡农者,月不足而岁有余者也。语亦有之:农之气,杲乎如登于天,杳乎如入于渊,淖乎如在于海,卒乎如在于己。是故此气也,不可止以力,而可安以德,不可呼以声,而可迎以音。非举八政四术之要,以安集而招徕之,则民腹尝馁,民情尝迫,而尚可谕以仁义,慑以刑威乎?且人所以恶雀鼠者,谓其有攘窃之行;雀鼠所以疑人者,谓其怀盗贼之心。上以食而辱下,下以食而欺上。上不得不恶下,下不得不欺上,各有所切也。

张国维的官职是:饮差总理粮储、提督军务兼巡抚应天等处地方。

当时的明王朝已处在总崩溃前夕,暗无天日,百孔千疮。民不聊生,农村骚动,揭竿而起的形势,已经形成。张国维看得很清楚,也知道农民的苦难,农民的心理,农民的要求,农民的力量。大厦将倾,局面已经不可收拾。他还想刊刻这部书,“预为训之戒之,图之策之”,以为亡羊补牢之计。不知此时再讲“农政”,为时已晚。

徐光启著书时, 原意亦在此。他尝说:“所辑农书,若已不能行其言,当俟之知者。”非只文学,任何著作,都有时代的烙印。此书几乎用了一半的篇幅,大讲荒政,就是当时社会现实的反映。不幸的是,当他的书刊刻出来不久,明王朝就结束了。

张国维在序中还说:

> 今如病尪之人,日行百里,巾箱囊箧,喘汗临深。而犹鞭叱,不令稍止。噫!亦危矣。

和张国维一同刻这部书的松江知府方岳贡, 在序中说:

嗟乎！治乱无象，农之获安于农与否，是即其象。彼罹虏罹寇者，以死亡转徙失先畴而不获安。幸而免此，又以剿饷练饷，急罹虏罹寇者之患，而岌岌乎不获安。爱养元元者，其务所以安之哉！

这都是当时农村的实际情况，好像是在替农民说话。在官书的序言中，还是少见的。但这只是官话，他们实际做的，却正与之背道而驰。是没有人相信的，于实际无补的。

历代农书，所记农事，多是农民经验的记录；所介绍的农具，都是已有农具的图形。这都是著书人从农民那里学来的，农民不要看。古代典训，农民看不懂。所以官刻农书，只是一种形式，就像每年立春之时，皇帝在先农坛的活动一样。

徐光启的农书，除去辑录古代典籍之切实可行者，着重输入新的农业观点，新的种植方法，新的粮食品种，以及与农业有关的水利知识，手工业技术。他出身农家，知识丰富，又得西洋技巧之传授，眼界宽，思想开放。因此，他的农学著述，与李时珍的医学著述，同为我国珍贵的文化遗产。

耕堂曰：四库子部农家类，著录无多，其重要者，余皆置备。《授时通考》，已送刘君，前已记述，其他数种，仍在架上。

蚕桑之书，实隶农书之内。此外尚有畜牧书《司牧安骥集》，而所有农书，亦皆包括畜牧。《司牧安骥集》，传为唐人所作，乃兽医古籍，并有相马内容，上绘图，下歌诀，易识易记。集汉唐马政经验，虽备军旅，亦关农作。

另有花卉之书，如明王象晋《群芳谱》，清官修《广群芳谱》，陈淏子《花镜》，及近人所著《花经》。《花经》为精装本，已送李君，而李君不爱书，不读杂书，视书籍为日常用品，等闲之物，想已不知去向矣。《齐民要术》以为，花卉无补实用，摈而不录。其实所有花谱，其中大部仍为农作之物，农书重食用，《花谱》重观赏。正如李时珍之《本草纲目》，米谷枣栗，皆有条目，不过着重谈其药用耳。《本草纲目》，余有商务排印本，阅读甚便，其中亦多农业知识。

余读书不重古本，然重校对。《群芳谱》为明末刊清修本，《广群芳谱》则为殿板之石印者。四库提要极力推崇御定之书，以贬低王氏原作，大不公平，王书自有其特色，非官书所能代替。

古代农书，多有占验祝祷，其中自有迷信，然另一方面，也有一些实际经验，且证明古代农民朴实，每作一事，皆认真虔诚，整洁以处。有些祝祭文字，写得还很有水平，如《齐民要术》所载祝曲文，视六朝骈体，并不稍逊，且有寄托。文人不得志，不能为经世之作；何处何时，不可写寄牢骚？读之慨然。

中国儒家重农思想，乃封建帝王长期重农政治之反映，从而形成以农业为基础的文化意识。然政治重实际效益，儒家又不得不通变，重视贸易。过去的商业，实际是从农业基础上，生出的一个派枝，并未形成自己的文化意识，仍以农业文化意识为指针，并受其制约，不断发生矛盾。

中国士大夫，向以农村为根据地，得意时则心在庙堂之上，仕宦所得，购置土地，兼开店铺。失意时则有田园之想，退居林下，以伺再起。习以为常，不以为非。但在言论上，则是重农轻商的。陈子龙在《农政全书》的凡例中说："方今之患，在于日求金钱而不勤五谷。"又说："不耕之民，易与为非，难与为善。"另有人叹息，商贾之兴，将形成"野与市争民，金与粟争贵"的局面。

我购买这些书，原也不是打算研究这门学问，不过是因为来自农村，习于农事，对于农书，易生感情而已。过去也没有认真读过，晚年无聊，乃重新翻阅一次，略记所得如上。

此外，尚购有商务一九五七年印，清吴其濬著《植物名实图考》，和该馆一九五九年印，同一作者的《植物名实图考长编》。两书为植物学著作，皆关系农业。

一九八七年八月七日写讫

我的金石美术图画书

初进城时，我住在这个大院后面一排小房里，原是旧房主杂佣所居。旁边是打字室，女打字员昼夜不停地工作，不得安静。我在附近小摊上，买了几本旧书，其中有一部叶昌炽著的《语石》，商务国学基本丛书版，共两册。

我对这种学问，原来毫无所知，却一字一句地读下去，兴趣很浓。现在想来：一是专家著作，确实有根柢。而作者一生，酷爱此道，文字于客观叙述之中，颇带主观情趣，所以引人入胜。二是我当时处境，已近于身心交瘁，有些病态。远离尘世，既不可能，把心沉到渺不可寻的残碑断碣之中，如同徜徉在荒山野寺，求得一时的解脱与安静。此好古者之通病欤？

叶昌炽是清末的一名翰林，放过一任学政，后为别人校书印书。不久，我又买了他著的《藏书纪事诗》和《缘督庐日记摘钞》,都认真地读了。

我有一部用小木匣装着的《金石索》,是石印本,共二十册,金索石索各半。我最初不大喜欢这部书,原因是鲁迅先生的书账上,没有它。那时我死死认为:鲁迅既然不买《金石索》,而买了《金石苑》,一定是因为它的价值不高。这是很可笑的。后来知道,鲁迅提到过这部书,对它又有些好感,一一给它们包装了书皮。"文革"结束,我曾提着它送给一位老朋友,请他看着解闷。这是我以己度人,老朋友也许无闷可解,过了不久,就叫小孩,又给我提回来,说是"看完了"。我只好收起。那时,害怕"四旧"的观念,尚未消除,人们是不愿收受这种礼物的。

也好,目前,它顶着一个花瓶,屹立在四匣三希堂法帖之上,三个彩绿隶体字,熠熠生辉,成为我书房的壮观一景。还有人叫我站在它的旁边,照过相。可以说,它又赶上好时光、好运气了,当然,这种好景,也不一定会很长。

大型的书,我买了一部《金石粹编》。这是一部权威性著作,很有名。鲁迅书账有之,是原刻本。我买的是扫叶山房石印本,附有续编补编,四函共三十二册。正编系据原刻缩小,字体不大清楚,通读不便,只能像用工具书,偶尔查阅。续编以下是写印,字比较清楚,读了一遍。

有一部小书，叫《石墨镌华》，是知不足斋丛书的零种。书小而名大，常常有人称引。读起来很有兴趣，文字的确好。同样有兴趣的，是一本叫《金石三例》的书，商务万有文库本，也通读过了。因为对这种学问，实在没有根基，见过的实物又少，虽然用心读过，内容也记不清楚。

原刻的书，有一部《金石文编》，书很新，字大悦目，所收碑版文字，据说校写精确，鲁迅先生也买了一部。我没有很好地读，因为内容和孙星衍校印的《古文苑》差不多，后者我曾经读过了。

读这些书，最好配备一些碑版，我购置了一些珂罗版复制品，聊胜于无而已。知识终于也没有得到长进，所收碑名从略。

钱币也属于金石之学。这方面的书，我买过《古泉拓本》、《古泉杂记》、《古泉丛话》、《续泉说》等，都是刻本线装，印刷精致。还有一本丁福保编的《古钱学纲要》，附有历代古钱图样，并标明当时市价，可知其是否珍异。

我虽然置备了这些关于古钱的书，但我并没有一枚古钱。进城后，我曾在附近夜市，花三角钱，买了一枚大钱，"文革"中遗失了，也忘了是什么名号。我只是从书中，看收藏家的趣味和癖好。

大概是前年，一青年友人，用一本旧杂志，卷着四十枚古钱，寄给我，叫我消遣。都是出土宋钱，斑绿可爱。为了欣赏，我不只打开《历代纪元编》认清钱的年代；还打开《古钱学纲要》，一一辨认了它们的行情，都是属于五分、一角之例，并非稀有。但我心里还是有些不安，小大属于文物的东西，我没有欲望去占有。我对古董没有兴趣。它们的复制品、模仿品，或是照片，对我来说，就足够了。我只是想从中得到一点常识，并没有条件和精力，去进行认真的研究。我决定把这几十枚古钱，交还给那位青年友人。并说明：我已经欣赏过了。我的时光有限，自己的长物，还要处理。别人的东西，交还本人。你们来日方长，去放着玩吧。

我还买了一些印谱，其中有陈簠斋所藏玉印，手拓古印；丁、黄、赵名家印谱，陈师曾印谱，汉铜印丛等，大都先后送给了画家和给我刻过印章的人。

关于铜镜的书，则有簠斋藏镜，以及各地近年出土的铜镜选集。

关于汉画石刻，则有《汉代绘画选集》、《陕北东汉画像石刻选集》；还有较早出版的线装《汉画》二册一函，《南阳汉画像汇存》一册、《南阳汉画像集》一册。都是精印本。

《摹印砖画》、《专门名家》，则是古砖的拓本。

我不会画，却买了不少论画的书。余绍宋辑的《画论丛刊》、《画法要录》，都买了。记载历代名画的《历代名画记》、《图画见闻志》、《宣和画谱》，以及大型的《佩文斋书画谱》，也都买了。佩文斋书画谱，坊间石印本很多，阅读也方便。我却从外地邮购了一部木刻本，洋洋六十四册，古色古香。实际到我这里，一直尘封未动，没有看过。此又好古之过也。

古人鉴定书画的书，我买了《江村消夏录》、《庚子消夏记》。后者是写刻本，字体极佳。我还在早市，买了一部《清河书画舫》，有竹人家藏版，木刻本十二册，通读一过。因为未见真迹，只是像读故事一样。另有《平生壮观》一部，近年影印，未读。

文章书画，虽都称做艺术，其性质实有很大不同。书法绘画，就其本质来说，属于工艺。即有工才有艺，要点在于习练。当然也要有理论，然其理论，只有内行人，才能领会，外行人常常不易通晓，难得要领。我读有关书画之论，只能就其文字，领会其意，不能从实践之中，证其当否。陆机《文赋》虽玄妙，我细读尚能理解，此因多少有些写作经验。至于孙过庭的《书谱》，我虽于几种拓本之外，备有排印注疏本,仍只能顺绎其文字,不能通书法之妙诀。画论“成竹在胸”,“意在笔先”之说,一听颇有道理,自无异议,但执笔为画,则又常常顾此失彼,忘其所以。书法之论亦然:“永字八法”,“如锥画沙”之论,确认为经验之谈,然当提笔拂笺,反增慌乱。因知艺术一事,必从习练,悟出道理,以为己用。不能以他人道理,代替自身苦工。更不能为那些“纯理论家”的皇皇言论所迷惑。

我还买了一些画册,珂罗版的居多。如:《离骚图》、《无双谱》、《水浒全传插图》、《梅花喜神谱》、《陈老莲水浒叶子》、《宋人画册》等。

水浒叶子系病中,老伴于某日黄昏之时,陪我到劝业场对过古旧书店购得。此外还有石涛画册,华新罗画册,仇文合制西厢图册等,都是三十年代出版物,纸墨印刷较精。

木刻水印者,有《十竹斋画谱》,已为张的女孩拿去,同时拿去的,还有一部《芥子园画传》(近年印本)。另有一部木刻山水画册,忘记作者名字,系刘姓军阀藏书,已送画家彦涵。现存手下的,还有一部《芥子园画传》,共四集,均系旧本,陆续购得。其中梅菊部分,系乾隆年间印刷,价值尤昂。今年春节,大女儿来家,谈起她退休后,偶画小鸟,并带来一张叫我看。我说,画画没有画谱不行,遂把芥子园花鸟之部取出给她,画册系蝴蝶装,亦多年旧物也。大女儿幼年受苦,十六岁入纱厂上班,未得上学读书。她晚年有所爱好,我心中十分高兴。

一九八七年九月十五日写讫

附　记:

一九四八年秋季,我到深县,任宣传部副部长,算是下乡。时父亲已去世,老区土改尚未结束,一家老小的生活前途,萦系我心。在深县结识了一位中学老师,叫康迈千。他住在一座小楼上。有一天我去看他,登完楼梯,在迎面挂着的大镜子里,看到我的头部,不断颤动。这是我第一次发见自己的病症,当时并未在意,以为是上楼梯走得太急了,遂即忘去。

本文开头,说我进城初期,已近于身心交瘁状态,殆非夸大之辞。

一九五六年,大病之后,结发之妻,虽常常独自饮泣,但她终不知我何以得病。还是老母知子,她曾对妻子说:“你别看他不说不道,这些年,什么事情,不打他心里过?”

那些年,我买了那么多破旧书,终日孜孜,又缝又补。

有一天,我同妻子:“你看我买的这些书好吗?”

她停了一下才说:

“喜欢什么,什么就好。”

她不识字,即使识字,也不会喜欢这些破旧东西的。

有时,她还陪我到旧书店买书。有一次,买回一本宣纸印刷的《陈老莲水浒叶子》,我翻着对她说:

“这就是我们老家,玩的纸牌上的老千、老万。不过,画法有些不一样。”

她笑着,站在我身边,看了一会儿。这是她第一次,也是仅有的一次,同我一起,欣赏书籍。平时,她知道我的毛病,从来也不动我的书。

我买旧书,多系照书店寄给我的目录邮购,所谓布袋里买猫,难得善本。版本知识又差,遇见好书,也难免失之交臂。人弃我取,为书店清理货底,是我买书的一个特色。

但这些书,在这些年,确给了我难以言传的精神慰藉。母亲、妻子的亲情,也难以代替。因此,我曾想把我的室名,改称娱老书屋。

看过了不少人的传记材料,使我感到,中国人的行为和心理,也只能借助中国的书来解释和解决。至于作家,一般的规律为:青年时期是浪漫主义;老年时期是现实主义。中年时期,是浪漫和现实的矛盾冲突阶段,弄不好就会出事,或者得病。书无论如何,是一种医治心灵的方剂。

九月十七日

买章太炎遗书记

我先后购买的章氏遗书,计有:

一、《章太炎先生所著书》。上海古书流通处一九二四年石印，所据为浙江图书馆校刊章氏丛书本。共二十册，有光纸,价十二元。其目录为:

《春秋左传读叙录》、《刘子政左氏说》、《文始》、《新方言附岭外三州语》、《小学答问》、《说文部首均语》、《庄子解故》、《管子余义》、《齐物论释又重定本》、《国故论衡》、《检论》、《太炎文录初编》、《补编》、《菿汉微言》。

二、《章氏丛书续编》。成都薛氏崇礼堂木刻本，共四册,价八元。其目录为:

《广论语骈枝》、《体撰录》、《太史公古文尚书说》、《古文尚书拾遗》、《春秋左氏疑义答问》、《新出三体石经考》、《菿汉昌言》。

三、《章太炎先生家书》。中华书局一九六二年影印本。家书共八十四通，系与夫人汤国梨之通信。

此外，还购有《章太炎年谱长编》。汤志钧编，一九七九年中华书局版。此书以章氏自订年谱为纲，系以各时期与章氏思想行动有关之资料，收罗丰富，编织有序。不只从一个时代，反映出一个人物的风格，也从一个人物，反映出一个时代的面貌。此书上下二册。

中学时，我买了一本《国故论衡》，可能是国文老师的介绍，是为读章氏著作之始。当时是怎样读的，现在已经记不清，但没有读懂，是可以肯定的。因为就是现在我读起此书，还是很吃力。当时，确是认真读过的，就像我那时读《费尔巴哈论纲》，英文原本《林肯传》，严译《名学纲要》一样，是用一种硬啃的读书法。这种读书法，当时颇具效力，好像是钻进书中去了。但印象不深刻，经过若干年，又都茫茫然。现在，购置了以上书籍，通读能懂的也只有：《文录》、《蓟汉微言》及《昌言》(这都是章氏对弟子的谈话记录，多关于历史、人物、时事，文字比较通俗)、家书以及年谱。

章太炎二十三岁时，肄业诂经精舍，受德清俞荫甫(樾)教。曾国藩说过：李鸿章拼命做官，俞荫甫拼命著书。

是当时知名学者。严格说,这是章太炎做学问之始,并从此得以成为朴学大师,享名于后。朴学是清朝一种主导的学术,如果不是时局的影响,他可能一生从事这种书斋中的工作。因为排满运动的兴起,他成为革命人物,辛亥革命以后,他又成为民国的元勋,政治和学术的名望,同时有之。实际上,他只以学术文章见长,虽然好参与政治,好谈政治,好作幻想大言,多不切于实际。所以在政治上,名望虽高,却并没有什么实绩,也没有做成什么大官。民国以后,政局屡变,章氏言论态度亦屡变,甚至依附过军阀吴佩孚和孙传芳。后来不能活动,就常常发通电表示政治见解,看来他是一生不甘寂寞的。

章氏幼年即患有眩厥症。应童子试时,即因此病而未终场。他自己后来也常常提到:“予少时多病”。眩厥是一种脑神经疾病,但并不影响读书、作文,且有时表现为灵敏、激越,故章氏文章,锋利如削,有一种奇异色彩,此病理使然。然此病有时兴奋易怒,有时沉郁寡言,显然不宜于理政,所以他虽热心政治,当权者从未委他以重任。袁世凯不得已委他个东三省筹边使,他也没有做出多少成绩,很快就辞职不干了。

章氏为文,好骂人,有些地方,看起来近似人身攻击。

如骂吴敬恒:“善箝尔口,勿令舐痈;善补尔袴,勿令后穿。”等语,当时称为名句。有一次,竟骂蔡元培为法国人,非中国人。但对人对事,又像并无成见,时有改变,也不记私怨。为友为敌,常有反复,这也是和他的性格有关的。

章氏好铺张,章士钊在一篇回忆文章中说,章太炎好穿奇装异服,招摇过市。另有记载,有一次,他到四川公干,买了一大条红布,制成一幅横标,雇两个人抬着,作为他的前导,以壮行威。

此人很重道义,他为参与缔造民国,光荣牺牲的同志,都写了传记,并为他们请封表扬。传记真实地记录了这些人的个性行迹, 使我们可以看到清末民初那些志士仁人的形象。如记邹容幼年好雕刻,狱中得弱症,章氏为其诊脉处方等情节,都有班马史传之遗意。

他的学术,因为我不懂,姑且不论。章氏的文章,我以为辩才不及梁启超,然切实过之;深湛不及王国维,然条畅过之。章梁文体,实为后来报章文字之先声,影响新闻界至巨。他的著名文字,如讨满洲檄,我以为写得并不精彩,罗列罪状,有勉强凑数之弊,文字也冗长造作,生动之笔太少。与康有为论难的信,感情就充沛得多了。又好用古字,人多不识,这实际上是限制了自己文字的流传。

文人逸事，热闹有趣者多，真实可信者少。章太炎大闹总统府一事，最为当时所乐道。记载颇多，且加演义，以为章太炎如何英雄，袁世凯如何没有办法。其实，在那种场合下，有办法的还是大总统，没办法的还是穷书生，他究竟是被拘留起来了。章氏自记，就平实得多，晚年并称赞了袁世凯的肚量，证明章太炎是一个诚实的人，一个真正的书呆子。

章氏晚年，受人馈赠，卖文章，为海上闻人如杜月笙的先人写碑传，为人所诟病。其实这些都是小节，是情有可原的。他的爱民族爱国家的大节，至死是为人们所称道的。

他晚年，不承认甲骨文的真实和价值，这是鲁迅说的“专家之悖”造成的，也是情有可原的。人一旦成为某一学术领域的权威，即不知不觉，把自己看成偶像。偶像是要本能地排除自己所不知的新生事物的。

古人以能立功、立德、立言者，为名人。章氏有功于民国，虽无大德于民，然亦无亏缺之处。至于言，煌煌大著，更无论矣。成为中国近代史上一大名人，固非投机取巧，沽名钓誉者流可比。然名人都有时代的特点，为历史所铸造，与英雄同。当其一旦成为名人，则追逐者日众，吹捧者日多,军阀官僚商贾皆争先利用之。或赠以高楼,或赠以骏马。黄金不求自得,美女纷至沓来。于舆论优势之外,往往亦得实利。本人亦以不同凡俗自居,人之阿谀,不以为怪,人之厚赠,以为应当。日久天长,主观客观上,名存实亡,变成偶像。言行不顾,见利忘义,有些名人,遂成为不名誉之人。名人既败,毁之者亦众,过去誉之者,必转而造谣,投井下石而后快。此名人兴衰之通则也。

近世之名人,为数甚众,流品脚色亦甚杂,根基牢固者少,忽起忽落者多,求如章氏之人品学术贯彻始终者,并不多见。我读他的著作,是怀着虔诚尊教之心的。

发愿写这样一篇文章,时间已有三年。参考书打开又放起,放起又打开,一直未得成篇。此因过去读过的书,都已忘记,年老少精神,又不愿去翻检,知难而退。近日,其他文章不好写,遂决心写出,然亦只是读书的印象断片,不得称为研究文字也。

一九八六年八月二十三日校讫并记

买《世说新语》记

我们知道，鲁迅先生不好给青年人开列必读书目，但他给许寿裳的儿子许世瑛开的那张书目，对我们这一代青年，却发生了意想不到的影响。我记得在进城以后，大家都争先恐后地搜集那几本书。《世说新语》就是其中的一种。

我先在南市地摊上，买了一本启智书局铅印的本子，只有上册。这本书后来送人了。

不久我在南开区一家废纸店，买了一部四部丛刊黑纸本的《世说新语》。那时，四部丛刊流落街头的很多，旧书店只收一些成套的白纸本，黑纸本无人过问，就都卖给废纸店了。这部书一共三册，我给他三角钱，他已经很高兴了。

四部丛刊本的《世说新语》，是影印的明袁氏嘉趣堂刊本，首页有袁褧写的序，他说：

晋人话言，简约玄澹，尔雅有韵，世言江左善清谈，今阅新语，信乎其言之也。临川撰为此书，采缀综叙，明畅不繁。孝标所注，能收录诸家小史，分释其义，训诂之赏，见于高似孙纬略。余家藏宋本，是放翁校刊本。

目录后所附的高氏纬略说：

宋临川王义庆，采撷汉晋以来，佳事佳话，为世说新语，极为精绝，而犹未为奇也。梁刘孝标注此书，引援详确，有不言之妙。

从以上两段引文，可见古人对此书的评价。这是当之无愧的。

后来，我又在天祥市场，买了一本唐写本《世说新书》。是罗振玉印的，极讲究，大本宣纸。这是《世说新语》最古的本子，系长卷，分藏四个日本人家，罗氏借来合印的。末附罗振玉手写的长跋，其中包括杨守敬初见此卷时的题跋。

这个写本,后来附印在中华书局一九六二年影印的,宋绍兴八年,广川董棻,据晏殊校定本所刻的《世说新语》的后面,当然是大大缩小了。这部书,我也购存一部,末附宋人汪藻所作叙录,包括书名篇数考证,考异,人名谱各一卷。

我买唐写本时,并不是打算考证《世说新语》的源流,对于这种学问,我是一无所知的。是为了习字。唐人写经,我已经有了几种,很喜欢这种楷法,这个写本,字更精彩,也大一些。

买来以后,我临写过两次。发见:这个写本,虽为考古家所重,当做字帖也很好。如果当做书籍来读,就很费劲。抄写时,脱字、错字很多,很多地方,读不成句,或不明其义。此外,有些字的写法,也很特别,虽系古法,已不适用于今日。

唐时,书籍靠抄写,为人抄写经卷,是一种职业。但这些书手,只写得一手好字,文化却不高明。抄写错漏之处,也不愿修改,因为那样一来,会使得卷面不干净,引起主人的不满。如果主人再不察,随即束之高阁,那就只能以讹传讹了。

无论是晏殊校本,还是陆游校本(实际也是根据的晏殊校本,即董弅刻本),都是在传写的基础上,经过整理的。古籍经过整理,总要进一步,但也要看整理者是什么人。如果遇人不淑,不学无术,妄自尊大,那古书的命运就很难说了。晏、陆二家,一代名宿,所校当然可靠。但四部丛刊本陆游跋语甚简略,并未说曾经他校改。文字可疑之处,已经后人校出,列于书后。

四部丛刊本《世说新语》,虽系明刻,实际上重开宋本,仅次真迹一等,确是善本。我现在阅读的,主要是这个本子。

我还从天津古籍书店,买过一部光绪十七年,湖南思贤讲舍刻的,经王先谦、叶德辉校勘的本子,共四册。第一册多题跋、释名,各一卷,第四册多考证、校勘小识,引用书目、佚文各一卷。材料多一些,但读起来,还是不如四部丛刊本醒目。

这部书,在书店翻阅时,标的定价是四元,当时我没买。后来,请他们给我送来,书价已改为六元。临时加码,装入私囊,这是一些书商的惯技,所遇已非一次,我只好任他敲了一下轻轻的竹杠,权当送他的车马费。

杨守敬跋唐写本云:

自规箴篇孙休好射雉起，至张闿毁门止，其正文异者数十字，其注异文尤多，所引管辂别传，多出七十余字，窃谓此卷不过十一条，而差异若此。

这是考据家的发见，应该尊重，但与读书关系不大。后来的整理本，删去管辂别传七十余字，是因为这一注文过长，有些文字与正文关联不大。其他个别字的差异，则因为写本的遗漏或错误。如元帝过江犹好酒一条，末句："酌酒一酣，从是遂断"。写本作"酌酒一唾从此断"，显然不雅。远公在庐山一条，"执经登坐，讽诵朗畅"句，写本脱"朗畅"二字，使句子不整。

像《世说新语》这类书，记载的是历史人物的言行，在古代，曾被列入史部，后来才改为子部小说类。史评家刘知几，曾对这样的"史书"，作如下评论：

孝标善于攻缪，博而且精，固以察及泉鱼，辨穷河豚。嗟乎！以峻（孝标名——耕堂注）之才识，足堪远大。而不能探赜彪峤，纲罗班马，方复留情于委巷小说，锐思于流俗短书，可谓劳而无功，费而无当者

矣。(《史通》)

但真正的历史家,例如司马光,在他撰写《资治通鉴》时,却常常取材于这类“小说”,读者信之,不以为非。

在古代,历史和小说,真是难分难解,能否吸取它的精华,全看自己的鉴裁眼光如何。

《世说新语》这部书的好处和价值,已见开篇引文。为更使览者明确,再引鲁迅论断:

> 《世说新语》,今本凡三十八篇,自德行至仇隙,以类相从,事起后汉,止于东晋。记言则玄远冷峻,记行则高简瑰奇,下至缪惑,亦资一笑。孝标作注,又征引浩博,或驳或申,映带本文,增其隽永。所用书四百余种,今又多不存,故世人尤珍重之。(《中国小说史略》)

我读这部书,是既把它当做小说,又把它当做历史的。以之为史,则事件可信,具体而微,可发幽思,可作鉴照。以之为文,则情节动人,铺叙有致;寒泉晨露,使人清醒。尤其是刘孝标的注,单读是史无疑,和正文一配合,则又是文学作品。这就是鲁迅说的“映带”,高似孙说的“有不言之妙”。这部书所记的是人,是事,是言,而以记言为主。事出于人,言出于事,情景交融,语言生色,是这部书的特色。这真是一部文学高妙之作,语言艺术之宝藏。

虽是小品,有时像诗句,有时像小说梗概,有时像戏剧情节。三言两语,意味无尽。这是中国一种特殊的文体,一种文史结合,互相生发的艺术表现形式。

人言东晋,清谈误国,是否如此,不得而知。统观此书,其谈吐虽冲远清淡,神韵玄虚,然皆有助于世道人心之向善,即所记人物行止,亦皆备惩劝之功能,绝非虚无出世之释道思想,所可比拟也。

此书尚有清代纷欣阁刻本,亦称善本,寒斋未备。

一九八六年十二月二十日记

买《流沙坠简》记

我忘记了从什么地方知道这部书，并为什么想要买它。鲁迅日记的书账上,不记得有没有这部书。有很长时间,我是按照他的书账买书的。鲁迅曾经说过,罗振玉印的书是很贵的。

六十年代初,我从北京中国书店,购进这部书。可能只是因为慕名,也因为有些闲钱。书店的标签上定价是一百元,为甲等一级,可见其名贵,也是我藏书中价钱最高的一种。

书共两函,三大册。乌青布套,封面为土黄色,这是象征流沙吧。纸是日本印书用的宣纸,质地很好,国内是很少见的。罗氏的书,很多是在日本印行的。此书除图版外,文字部分全部系书写上版,楷书庄严秀丽,两个序文的字体尤佳。第一册,扉页里面有上虞罗氏宸翰楼印标记。罗序称:古简册出于世,载于前籍者凡三事:一、晋之汲郡;二、齐之襄阳;三、宋之陕右。序末记宣统甲寅,实为一九一四年也。

次为王国维序。略考简牍出土之地:一为敦煌西北之长城(出土者为两汉之物)。二为罗布淖尔北之古城(魏末以讫前凉之物)。三为和田东北之尼雅城等三地 (古者汉遗物,近者隋唐之际)。王序末无宣统字样,只书甲寅。

图版分三部:一、小学术数方技书。二、屯戍丛残。三、简牍遗文。

第二函两册,内容为考释及补遗,补遗考释,附录等。

以上,此书内容之大略也。

罗氏此书,虽根据英人斯坦因图版及沙畹考释,然为国内研究汉晋简牍之始。王国维的序及先后考释,内容精确,行文严谨,功力甚厚,为后来研究此种学问者,开辟了一条正确的道路。出土简牍的研究,主要在于汉代及以后的屯戍制度,王国维分为:簿书、烽燧、戍役、禀给、器物、杂事六项。它涉及的是古代西北地理、军事设施及其沿革。

然此书所得简牍甚少, 后续有出土。一九三〇年,在额济纳河流域黑城附近, 发掘出汉简一万余枚。建国后,用其中两千余图片, 汇印为居延汉简甲编, 我也买了一册。精装大本，价三十元。与罗氏印书相较，书品风格，已大不相同。

陈梦家根据丰富的材料，写了不少研究木简的论文，后汇集为《汉简缀述》一书，一九八〇年中华书局刊行。我也买了一册。较之王国维，陈的考释，更为详细具体，研讨方法，仍追踪王氏，行文则比较通俗。陈初为闻一多派诗人，后考订金石，一九六〇年，转治汉简，突飞猛进，成绩可观，然不久即惨死于十年浩劫。以诗人才华，退而考古，终不免死于人事纷扰之中，与王氏同，二人先后以学者之身，死于非命，亦考古一途之厄运也。读其书，不无戚戚之感。

《流沙坠简》一书，初到我家时，完整如新，想来也是爱书人所藏，大概也不经常翻阅，上面连颗图章也没有。“文革”中被抄去，封套略有破损，发还后，我已修整过。我对它，与其说是读书识字，不如说是欣赏印本。几十年来，不过打开过三次，这次是为了写文章，恐怕是最后一次了。想在上面打个印章，想了想，还是前人的做法对，就作罢了。

为了阅读它，我还从北京五洲书局，买了一本斯坦因西域考古记，向达译。这本书里，有斯坦因窃取敦煌石窟宝物的详细记述。第十章，有关于这些木简出土的情况。

在这本书里,还可以看到,当这个外国人在我国西北行窃时,当地的官员、首领以及无业游民,吸鸦片者,贪图小利,为洋大人所收买驱使,甚至主动帮忙的情景,贪婪、愚昧、无知的心态。抚今而思昔,温故而知新。这当然是文字以外的书,题目以外的话了。

一九八七年一月十日写讫

买《宦海指南》记

有那么一段时间，我向外地函购旧书，达到了恣意滥买的程度。存书中竟有这样两部：

一、《宦海指南》五种。包括：《钦颁州县事宜》、《佐治药言(续言附)》、《学治臆说(续说附)》、《梦痕录节钞》、《折狱便览》。

二、《增广入幕须知》十种。包括：《幕学举要》、《佐治药言》、《续佐治药言》、《学治臆说》、《学治续说》、《学治说赘》、《办案要略》、《刑幕要略》、《赘言十则》、《办公八字》。

两部书内，有好几种是相同的。我既不想做官，也不想入幕，不知道为什么买了这些书。

即使想做官入幕的人，这些书对他恐怕也没有什么用处，因为都是清朝时的文献。不过，《佐治药言》和《学治臆说》，还有《梦痕录》的作者——汪辉祖，却引起我很大的兴趣。从这里读到他的著作,我是很高兴,很有兴趣,很满意的。

汪辉祖,清乾嘉时,浙江萧山人。那一带的读书人,如果科场不得利,多改业佐幕,就是后世所称的绍兴师爷。他的父亲,曾从事过这种职业,但很快就自动不干了,以为“有损吾德”。汪辉祖青年时,在做官的岳父那里,看到那些幕僚们收入不错,可以养家糊口,他也跃跃欲试。当他把这个愿望告诉家人时,他的祖母和母亲同声斥责他,不要忘记父亲的遗言。汪辉祖郑重发誓以后,才正式当了幕宾。他先后在十几个州县官那里当刑名师爷,工作了三十多年,写了《佐治药言》一书。晚年得中进士,自己也做了一两任州县官,很快就退休了,又写了《学治臆说》一书。

他的《佐治药言》,当时就很有名,为人重视,因为都是根据他的见闻经验写作而成,他的文字也很通达简练。

师爷一职,名声本来很坏。汪辉祖也自称,从事这种职业,是“寄人篱下,鸡鹜夺食”。但这种职业,又关系人民的安危生死,至为重要。所以他根据这一行应有的职责道德,著书立说,以教后人。

他的书,一直到清朝末年,还不断为州县官翻印,是有价值的政书。《梦痕录摘抄》,是从他晚年所写的回忆录,摘取有关幕职的片断而成，所以也列在这类书籍之中。

耕堂曰：汪辉祖在当时，既非文化界名流，亦非思想界领袖，不过是州县的一个幕僚。但他的著作，却不只受重视于当时，鲍庭博刻入权威性的《知不足斋丛书》，阮元为之作序。而且被推崇于后世，及至民国，仍为胡适、周作人辈所搜求。汪氏著书之时，不过是为了把自己从事这种职业的经验和见解，介绍给同业者或初习者，并非有意邀取评论界的哄抬，或羡慕外国的奖金。当今之世，有文士焉，本无经历，亦乏学识，著书立说，不为社会效益着想，不为读者身心立意，空设玄虚之境，念念巫祝之辞，企图惑群招众，成立流派。自封教主，亦近狂矣。中华民族，并非如此等人所说的，那么愚昧，那么封建。自古以来，中国人对文化对书籍，都是有选择的，有见解的。主要是看你的书，是否实际，是否有用，是否引人向上。如果你写的书，内容无实际，所谈非经验，读后使人昏暗沉沦，即使你虚作声势，亮出旗号，人民也是不买你的账的。

中国人认为有用的书，必须：一、有义理。二、有辞章。三、有事实。如果，你所写的书，与以上三方面，都不沾边，那就是无用的书，古人所谓灾害枣梨的书。汪辉祖得著书立说之道,故其书人称为有用之书。

任何工作从事久了,富有经验,都可以写成一部书。这部书如果写得好,就不只对这一种职业有用,也会对其他职业有用。汪辉祖从事的职业目前已经没有了,但他的著作,还是有用处的。

一九八七年二月二十日

读《吕氏春秋》

《吕氏春秋》附考。明方孝孺曰:“然予独有感焉,世之谓严酷者,必曰秦法。而为相者乃广致宾客以著书。书皆诋訾时君为俗主,至数秦先王之过无所惮。若是者,皆后世之所甚讳,而秦不为罪。呜呼,然则秦法犹宽也。”

耕堂按:方孝孺盖有感于明政之严苛也。附考引宋高似孙言论,意见与方氏稍合。可谓皆独特之见矣。然汉以秦为严酷,魏晋以汉为严酷。屠沽负贩,起而革命,而严酷如故,革不掉也。后世论前世事,矛盾往往易见。而在当时,恐不如此认识。书本为书本,行政为行政耳。后人以某事断秦政宽,以某事断秦政严,皆出意想。必须根据史实,全部考察,方能稍得其实际。然近代史实,尚不易弄清,历史公案,更难定矣!

《史记·吕不韦列传》:“吕氏春秋,布咸阳市门,悬千金其上,延诸侯游士宾客,有能增损一字者予千金。”

桓谭《新论》:“秦吕不韦请迎高妙作吕氏春秋。书成,布之都市,悬置千金,以延示众士。而莫能有变易者,乃其文约艳,体具而言微也。”

唐马总曰:“暴于咸阳市,有能增损一字与千金,无敢易者。”

宋高似孙曰:“有能增损一字者与千金,人卒无一敢易者,是亦愚黔之甚矣。秦之士其贱若此,可不哀哉!”

《郡斋读书志》:“时人无增损者, 高诱以为非不能也,畏其势耳。”

耕堂按:从以上引文看,千金不能易一字之原因有二,即不能与不敢。不敢是畏不韦当时的权势。不能,则一是文章为高妙之作,二是当时的秦士,都是愚黔之徒。然仔细想来,这一个典故,恐怕只是一种传说,一种演绎。因为司马迁所作《吕不韦传》,只说予以千金,并无下面的话。司马迁说予以千金, 只是强调这一著作的不苟与当时对待的隆重耳。

司马迁在《太史公自序》中又说:“不韦迁蜀,世传吕览。”后世学者以为《吕览》(即《吕氏春秋》),成于不韦为相之时,不韦迁蜀以后,不久死去。何以能聚宾客著书,又何以能“悬之咸阳”。乃是司马迁的笔误驳杂之辞。其实，这里说的只是“世传”，其意即吕不韦遭到不幸之后，其书反而得到世人的重视，与自序上下文文意相通，不足为过也。

《吕氏春秋》一书，列入杂家，历史上不大被人重视。有人说是因为吕不韦名声不好。我看，恐怕是因为这部书的编写体制不太通俗，每篇前冠以月令，初读时，叫人摸不着头脑。其实里面好的东西很多，即以古代寓言故事而论，《孟子》、《韩非子》等书，以此见长，而《吕氏春秋》，“察今”一篇中，即包含三则，无疑是一个大宝藏。且它所引古书，多是秦火以前的旧文，其价值就更可贵了。

我过去有广益书局的高诱注普通本。后又购得许维遹集释本，线装共六册。民国二十四年，清华大学出版。白纸大字，注释详明，断句准确，读起来，明白畅晓，真能使人目快神飞。晚年眼力差，他书不愿读，每日拿出此书，展读一二篇，不只涵养性灵，增加知识，亦生活中美的消遣与享受也。

一九八六年十一月二十二日记

读《燕丹子》
——兼论小说与传记文学之异同

滕云同志送我一本他所选译的《汉魏六朝小说》。冬夜无事，在炉边读了一篇《燕丹子》。《燕丹子》一书，我有光绪初年湖北崇文书局的百子全书本，为嘉庆年间著名学者孙星衍集校，初未细读也。

《燕丹子》作者不详，旧题燕太子丹撰。据孙星衍序："古之爱士者，率有传书，由身没之后，宾客纪录遗事，报其知遇。"想来这部书，也是太子的宾客所写。

孙星衍又说："其书长于叙事，娴于词令，审是先秦古书，亦略与左氏国策相似，学在纵横小说两家之间。"读过以后，觉得他的评价是很恰当的。

此书以记事为目标，原拟成为历史，然叙述夹杂一些传说及荒诞之事，遂为后人定为小说。即使作为小说，因为它有坚实而动人的历史事实，再加上叙述之委婉有致，乃成为古代小说之翘楚。

冬夜读之，为之血涌神驰，寒意尽消。周围沉寂，而心目中的秦廷大乱。此真正小说佳品也，非泛泛者可比。乃取《史记》荆轲传对读之，并记两书写法之异点如下：

一、《燕丹子》共分三卷，第一卷记麴武，第二卷记田光，第三卷才记荆轲，系一人引出一人。而《史记》一开始就写荆轲。并同时写了与他有关涉的高渐离、盖聂、鲁句践等。在《燕丹子》中，高渐离只是在易水送别时，露了一次面。《史记》则把他处理成仅次于荆轲的一位侠义之士。

二、在细节中，除去孙星衍提到的："《国策》《史记》取此为文，削其乌白头马生角及乞听琴声之事，而增徐夫人匕首，夏无且药囊。"《燕丹子》还有荆轲赴秦时，"夏扶当车前刎颈以送"，和"行过阳翟，轲买肉，争轻重，屠者辱之，武阳欲击，轲止之。"两个细节，为《史记》所无。

买肉这一细节，对小说很重要，因为表明，荆轲在进行大事中间，不为小事所误的克制精神。而司马迁或者认为，他前面已经写过两次荆轲的这种精神了，不再重复。这在史裁上讲，也是应该的。

小说，一再重复，可加强人物性格和故事效果，但也要得当。《燕丹子》的处理，还是得当的。

司马迁的荆轲传，现在通称为“传记文学”，然其本质仍为历史。所谓传记文学，只是标明：司马迁的历史著作，同时具有文学的价值与功能。作为历史，选材就应该更严格一些。荆轲刺秦，是一大悲剧。这一事件的失败，在当时是震动了千万人的心灵的。并且关系到了对荆轲这一人物的评价。司马迁不能不找出其失败的原因：太子催促太紧，荆轲没得与他等待的那位客同行，而与秦舞阳同行，荆轲在出发之前，就看出这个人不行了。小说对于失败，则不必有结论，任人想象去好了。

三、《史记》没有采用《燕丹子》中的，用金子投青蛙，吃千里马肝，砍美人手等细节，这是司马迁的高明之处。小说可以这样写，民间可以这样传说，作为人物传记，这些材料，只会伤害荆轲的形象。

四、至于《史记》不采用《燕丹子》中的乌白头，马生角，是因为荒诞。不采用它的乞听琴声，是因为虚构。乞听琴声的原文为：“秦王曰：今日之事，从子计耳。乞听琴声而死。召姬人鼓琴。琴声曰：罗縠单衣，可掣而绝。八尺屏风，可超而越。鹿卢之剑，可负而拔。轲不解音。秦王从琴声负剑拔之，于是奋袖超屏风而走。轲拔匕首掷之，决秦王耳，入铜柱，火出燃。”

在那样紧张的局面下，间不容发，哪有这种闲情逸致，这等从容？当然是不可能的。入铜柱，火出燃，却比《史记》所写，更为有声有色。

《史记》虽不采这两件事，但放在小说中，还是可以的，能引起人们的一些联想。群众会这样想：啊，所以没有成功，是上了秦王的当呀！

五、《燕丹子》一书，就在这个地方终止了。《史记》却在荆轲刺秦失败之后，又写了高渐离的不寻常的举动，又写了鲁句践感叹的话。使文末摇曳生风，更拨动了读者怀古的思绪，增加了作品的悲剧效果。

耕堂曰：历史与小说之分野，在于虚构之有无。无虚构即无小说，正如无冲突即无戏剧。然在中国，历史与小说，实亦难分。有时历史的生动，如同小说，有时小说的翔实，超过历史。而历史家有时也从小说取材，小说从历史取材，则更为多见。但文体不能混淆，历史事实，有时虽出人意想，不得称为小说；小说虚构多么合情合理，也不得当作历史事实。《燕丹子》与荆轲传，题材无出入，人物无等差，古人已因其有无虚构，判为泾渭。文体虽不同，写作艺术，仍有高下之别。仔细推敲，《史记》的剪裁塑造为胜。学者认为《燕丹子》成书于前,《史记》采摘之,亦未必然。要是秦汉之际,关于这一次政治性大事件的记载,关于荆轲事迹的传述,不会是一种,而是多种。其中有事实,有传说。事实有传闻异词,传说有夸张想象,记载有繁简取舍,不会一致。《燕丹子》为其中之精粹完备者耳。

一九八六年十一月二十九日

读《棠阴比事》

四部丛刊二集,有此书名,我没有买到零本。后来在天祥市场,遇到这一部清朝道光年间朱绪曾仿宋刻本,花了两元五角钱,买了回来。书堆放在货架底层,封套破旧,落满灰尘,想来是很久卖不出去的下脚货了。

原藏书人,不可考,好像是一个银行职员。他用来抄补缺断的纸,是营口中国银行的簿记纸。他除抄录了残页的文字,还抄了知不足斋抄本的一个序文,夹在书内。书已经修补重装过,到我手中,我又把开裂的页缝用薄纸粘连好,把封套刷净。

它还是很可爱的。因为书的底本,是黄荛圃的旧藏,真正的宋本。黄在为人家析产时,在租簿中发见了它,当时即定为上等。后来到了他的手中,写有很长的跋尾,也刻在这个本子的后面。

朱绪曾的刻本，无论版式、字体、纸张，一体仿宋，就连宋讳，也照样缺笔，对于我这个没有见过宋版书的人来说，真是大开眼界了。

本书作者桂万荣，南宋时鄞县人，庆元二年进士，做过余干尉。他在序文中说："取和鲁公父子疑狱集，参以开封郑公折狱龟鉴，比事属辞，联成七十二韵。"就是先以四字两句的韵语为一条目，然后分注一段有关折狱的故实。这些故实，都取材于宋人的笔记、碑传，或宋以前的著作。现在看来，他拟定的这些韵语小标题，实在没有什么特殊的意义。如果单独看，则不知所云；如果联系注文来看，又似乎多此一举。并且所引事例，多系传闻小说性质，说对办案人有所启发则可，说是办案的准绳、龟鉴，则悬殊太大，且太危险。如言八十老翁所生子，最怕冷，在日下无影子等等，几近于迷信无知之谈。明人吴讷，为其删补，盖有因矣。

然此书历来被列入子部法家类著作之中，且被从政的人以及藏书家称为有用之书。这是因为中国古代崇尚道理空谈之书，一提法家，就是商韩，真正的有关法律著作，流传下来的太少。明清以前的刑律，只有一部唐律，较为完整。私家著述，有关这方面就更少，只散见于一些笔记小说之内。而一成小说，则故事性、趣味性强；一成笔记，则上下其手，出入其词。或自作聪明，主观想象，掺杂其间，以之为法制准则，其不可也甚明。清代一些学者如孙星衍辈，注意及此，辑录校印一些旧文献，也很零碎，不足为“法”。

这部书，我买来时没有仔细看，近日读了一遍，就像读其他笔记小说一样，没有什么“法家”的感觉。

书分两册，正文只五十二页，而字如核桃大小，很快就读完了。

耕堂曰：司马迁有言：“且事本末未易明也。”又说：“画地为牢，势不可入；削木为吏，议不可对。”鲁迅有言曰：“印书的合同，是明明白白的，但我不愿意到那些不明不白的地方去辩解。”乡谚有云：“屈死不告状。”此为过去人民对政法之印象。法本为民而立，而民与之隔阂，畏而远之。疑狱多而难明，由来久矣！

一九八七年二月二十六日写讫

读《李卫公会昌一品集》

进城以后,我买了不少丛书集成的零种书,其中包括一些政治家的文集。书籍发还以后,我还住在小屋里,大书靠墙垒好,这些小型书本,就堆在方桌底下。那时与张君同居。一天我下班回来,张告诉我,她把那些小书都处理了。处理是很方便的,出门就是一个废品收购站。我没有说什么,除去一些杂书,有几部成套的文集,也被处理掉了,包括范文正公全集。都是很新的书,道林纸本。

惋惜之情,与日俱增。商务当年印的这些书,版本小巧轻便,印刷清楚,校对可靠,断句可信。现在有些新印的古籍,前言说明根据的什么珍本,参校了多少善本。别的不讲,只看标点,就错误百出,有的实在是笑话。书装订得很厚,是为省工;用纸粗糙,是为了料贱,与商务印本相比,有今不如昔之叹。张君处理书,以书本大小为取舍,不懂书的内容,因为她只读过一些唐诗宋词和外国小说。也可能只是为了走路方便,吃饭时脚下清爽。

还好,床铺下面的没有动。这部《李卫公会昌一品集》,当时就屈尊在那里。

《李卫公会昌一品集》,丛书集成初编,据畿辅丛书本排印。不到三百页的书,却分装四册,老年人读起来,轻巧方便,有不可言之妙。

李卫公就是李德裕,唐武宗时名相,新旧唐书均有传,传都写得很长,记其功业事迹。

旧书卷一百七十四,史臣称赞他的"禁掖弥纶,岩廊启奏"时说:"语文章,则严马扶轮;论政事,则萧曹避席。"评价很高。谈到他的缺点,则说:"不能泯是非于度外,齐彼我于环中。"这指的是他同牛僧孺等人的朋党斗争。"与夫市井之徒,力战锥刀之末,才则才矣,语道则难。"

新书卷一百八十,对他的缺失,说得比较委婉:"宁明有未哲欤?"

道与哲,都是很玄妙的,很难捉摸,也就很难判断有无。对历史人物,我们只能信任史书的论断评价。近人吕思勉著《隋唐五代史》,称李德裕为人贼险阴狠。鲁迅在《唐宋传奇集·稗边小缀》中,也说这人最后流窜岭南,是因为伤人太多,自食其果。鲁迅是从那篇传奇小说《周秦行纪》谈起的。李的门徒写了这篇小说,署上牛僧孺的名字。小说是自述体,内容不止对当今皇帝大不敬,主人公并于冥冥之中,与前代皇后杨贵妃结合。然后,李德裕作《周秦行纪论》,咬牙切齿,罗织罪名,落实到牛的身上,欲置之死地而后快,那文字真可以说是带有血腥味道。

奇怪的是,这篇小说,一直署着牛僧孺的名字,流传下来。当时皇帝,并未追究此事,牛本人也不曾辩诬自解,遂成为文学史上一桩奇异公案。这是因为,李党的这种栽赃做法,手段和目的太明显了。皇帝不会相信,读者也不会相信的。

小说写得确实好,为历代文学史家们称许。在当时可以说是富有开拓精神,并闯入了一个禁区。使人又奇怪的是,作者既有这般才能,为什么不自行创作,却去干这种事?为什么除此以外,又别无作品流传,却把版权白白送给了敌手?

李慈铭在他的日记中说,唐代的传奇小说,多是考不中进士,或考中进士而穷极无聊的人所为。故多荒唐之言,并好造作、揭露他人阴私。这当然不能一概而论。

我现在读的一品集目录中,原有这篇小说和李德裕的《周秦行纪论》，都为编者删去。注云：朋党之见，不足示后。盖为乡贤讳也。李德裕是赵郡人。

古代的所谓朋党，大概就是政见相同的集团；其间的斗争，就是政见不和吧？

李德裕在《论侍讲奏孔子门徒事状》一文中说："西汉刘向云：昔孔子与颜回、子贡，更相称誉，不为朋党。禹稷与皋陶，转相汲引，不为比周。何则？忠于为国，无邪心也。"在《朋党论》中，他又说："治平之世，教化兴行，群臣和于朝，百姓和于野。人自砥砺，无所是非，天下焉有朋党哉！仲长统所谓：异同生是非，爱憎生朋党，朋党致怨隙是也。"

这些见解、说法，都是无可挑剔的。实际斗争起来，剑拔弩张之际，恐怕就做不到，甚至反其道而行之了。唐宋以来，朋党间的斗争，得势者都是把对手流窜得越远越好。

耕堂曰：今读李卫公失意后所作诗文，亦多悟道之言。岂人之一生，穷极潦倒之时，则与道近；而气势焰盛之时，则与道远乎！

一九八七年五月一日写讫

读《求阙斋弟子记》

一

求阙斋，系曾国藩斋名，撰者王定安曾供职他的幕中，小有文名，过去提到的《湘军记》，也是他的著作。文师桐城，对自己的史才，也颇自负，实际上并不高明，但史法还是可以看出一些来的。这部书，实际上是曾国藩的传记资料。

据扉页，此书光绪二年，刊于都门，板存琉璃厂东门桶子胡同龙文斋。李鸿章题署。

书价十六元，购自何地，已不能记忆。白粉连纸印，刻工不精，笔画时有错乱，京板之通病。有七千卷书楼孙氏记印章，朱、黄二色断句，通读到底，可谓用功之士矣。

全书共十六册，三十二卷。分《恩遇》，《忠说》，《平寇》，

《剿捻》,《抚降》(李世忠),《驭练》(苗沛霖),《绥柔》(包括天津教案),《志操》,《文学》,《军谟》,《家训》,《吏治》,《哀荣》等节。

此书购于读太平天国史料,兴趣正浓之时,然书到较迟,不久即逢浩劫,未及细读。今又检出,心情已非往日。太平天国史料,多已束之高阁,兴趣已成过去。写来写去,读来读去,所谓天国之梦,不过惊醒于“自相残杀”四字而已。非曾氏兄弟之功业也。

当金田骚动之时,天主耶稣,本非中国之物,塾师炭夫,亦非群众景仰之人,何以登高一呼,万夫云从?此因人民深陷水火,求生之念甚切,亟思有人拯救,并不顾及前途吉凶,到底如何。遂于短期之内急转直下,掩有半部江山。曾、左之徒,初以封建道统,号召地主子弟反抗异端,而旷日持久,未见成效。终以天国内讧,乃告功成。此非曾、左封建道统之胜利,乃洪杨本身封建道统之胜利也。历史如此嘲弄人民可不知畏乎?

今读此书,《平寇》一节,略而不读,从《剿捻》开始。

由弟子记其先师言行,成为著述,古代多有。《论语》就是一部弟子记。但像《求阙斋弟子记》这样卷帙浩瀚的书,还是少见的。这是因为曾国藩去世不久,威名未消,他手下文武,仍在掌权。把老师的文功武略,弄得冠冕一些,大家的脸面,都会增添光彩。

曾国藩对付太平军,是用深沟高垒,长期围困的办法。对付捻军的办法,则经过几次改变。最初,鉴于僧格林沁的惨败,他向皇帝疏奏:他本人不能骑马,不能像僧亲王那样,身不离鞍,昼夜穷追。他主张用重镇堵截的办法,并说这是他的所长。然而他的措施并不见效,引起朝廷的不满,有的御史还上折子,请求对他“略加贬抑”,朝廷虽然没有采纳,但对他的态度,已经远不像“发逆”未平时那样倚重了。

后来,他又采用追、堵并重的办法,收效也不大。捻军之败,还是败在潘鼎新属下的洋枪队上,正像帝国主义参与其间,遂使太平天国失利一样。

捻军的马队,实在厉害。王定安描述道:

> 然旋灭旋起,且益狡悍。每侦官军至,避走若不及,或穷追数昼夜,乃反旗猛战,以劲骑分两翼,抄我军马。呶人谨慓,疾如风雨,官军往往陷围不得出。贼尤善用长锚,巨者逾二丈。我军以枪炮轰击,贼马闻枪声,腾扑愈猛,瞬息已逼阵,枪不得再施。又喜以一步挟一骑,为团阵滚进,官军以此益畏之。

曾国藩屡次承认，官军的马队，远不及捻军。不过他提出的清圩政策，确实给捻军造成了很大的困难。王定安写道：

> 自捻逆扰乱以来，据蒙亳村堡为老巢，居则为民，出则为捻，若商贾之远行，时出时归。其回窜也，皆有莠民勾引。

清圩以后的情形，则是：

> 厥后任赖由泗宿入怀远，牛络洪由永城入亳州，皆欲回巢，纠党装旗。各圩寨闭门与贼绝，贼徘徊怀远，几及一月，卒不得逞。从此贼遂四出不归，以迄于灭。

但是，曾国藩的“剿办流寇，原不可以无定之贼踪，改一定之成局”的老成持重的主张，因师老无功，朝廷不再耐烦，就叫李鸿章把他换掉了。

同治七年正月，西捻首领张总愚，从陕西转战到京畿以南，雄县一带。京师戒严，清廷大恐，几乎把全国得力的

将领都调来会剿。左宗棠到了定州,他向皇帝疏陈的方略中,也有一段对捻军的描述:

> 臣维捻匪惯技,在飘忽驰骋,避实乘虚。始犹马步夹杂,近则掠马最多,即步贼亦均乘马。临阵则步贼下马,挺矛攒刺,而骑贼分剿官军之后。其乘官军也,每在出队收队,行路未及成列之时。遇官军坚不可撼,则望风远引,瞬息数十里,俟官军追及,则又盘折回旋以疲我。其欲东也,必先西趋;其欲北也,必先南下。多方以误我……

从以上所引,可略见当时捻军之声势,军容,战术,以及进止聚散的情形。此次,捻军曾打到我的家乡安平、深泽、深县、饶阳一带,给当地人民留下了深刻印象。我幼年还听到母亲讲“小阎王造反”的故事,当时不知小阎王是谁,现在才知道是张总愚的绰号。

那么多马队,驰骋在大平原,可谓壮观。闭目凝思,宛如再现。故乡近代,凡经战争逃难生活三次:一即小阎王造反;二义和团抗击洋人;三抗日。前二次,母亲一辈经历之。

一九八七年八月二十六日记

二

王定安撰写的《求阙斋弟子记》中的《家训》部分，实际就是我们常见的《曾文正公家书》，不过免去了上下款及年月日。分为《寄诸弟》、《寄弟国潢》、《寄弟国华》、《寄弟国荃》、《寄弟贞干》、《谕二子》、《谕子纪泽》、《谕子纪鸿》。所收亦略少，只有薄薄一册。

中国自古以来，有很多家书、家训行世。然多流传不广，有些只存在自家的祠堂中。曾国藩的家书，却不得了，流传了几十年，差不多读书人家，都会有一部。因为他是近代"闻人"，官职又高，他的思想，为封建统治者所推崇，儒学子弟所信仰。"五四"以后，才逐渐冷落下来。但在一部分家长心中，还认为是教育子弟的必读之书。

我上中学的时候，父亲寄给我一部《曾文正公家书》，是大达图书公司的排印本(即当时所谓一折八扣书)。父亲还附了一封信，大意是：他幼年家贫，读书不多，今以此书授我，愿我认真阅读。信写得很带感情。我年幼不懂事，那时正在阅读革命书籍，对曾国藩等人很反感，且甚瞧不起大达印的书。随即给父亲回了一封信说:以后不要再买这种书,这种书在保定街头,到处都有,没有人买……我想父亲接到信,一定会很不高兴,但也没有来信责备我,以后也没有再给我寄过书。我带回家中的书,父亲从来也不看,也不问,只说我是个书呆子。中年以后,我才认真读了这部书。

因此我想到:所谓家书家训之所以流传,不一定是因为它的内容,多半是由于写信人的权势和声望。他的说教,即使当时,受信人也不一定听信。例如曾国藩的家书,前后言论,并不完全一致。对于一个人,例如对曾国荃,在曾国荃未显达与已显达之后,所谈所论,就有很多不一样。有很多顺时应势,矛盾依违,甚至吹嘘拍马之辞。这还说得上是兄弟间的真诚感情吗?

再说,家庭已经是朱门侯府,子弟已经是纨袴少爷,还教他"书、黍、鱼、猪",会有效果吗?

对于广大读者,则有环境和时代不同,心意能否相通的问题。我幼年时,在中学课本上,读曾国藩的家书,就觉得不如读郑板桥的家书亲切。因为郑虽是县令,他弟弟究竟是农民,和我的生活距离小,所谈事物,容易理解。曾国藩是太子太保,是爵相,即使他谈的也是普通道理,总觉得和我们平民的心思,不能相通。因此也就不能完全相信,总觉得其中有什么虚伪的地方,言行不一致的地方。

这当然不是一笔抹杀曾国藩的家书。他的家书,自有它多方面的价值,现在还有很多人在研究。另外,他的家书和他同时代的要人们的家书相比,在指导读书,谈论诗文,讨论书法,研究刻书等方面,见解虽不见得高明,读后还是使人有些收获的。比起左宗棠的家书,就显得有学问多了。左氏的家书,我有仿宋排印本两册。其中多谈家务杂事,少谈文史。

至于时代不同,思想变化,那就更难说了。我认为,现在不会有家长,再叫孩子们去读曾氏家训。八十年代的中国青年,将不知他的“进德、修业”为何物。

我的结论是:凡是家书、家训,只能对当家长的人,有影响,有用处。对于青年人,总是格格不入的。

但是,什么话也不能说得太绝对。听说,曾氏的后人,情况还是不错的。这也可能是他们先世的遗泽,包括家书、家训,起了一定的作用。

耕堂曰:咸同之世,湘乡曾氏,号称伟人。对内尽忠于异族,对外屈膝于列强。接连讨伐起义之民众,极尽残酷。杀人日多,声势益隆。曾氏自言其初衷:为解君父之忧,不畏后世之讥。后虽亦自省:内疚神明,外惭清议,盖饰词耳。早已盖棺论定,实已无案可翻。然政治风云,究非个人私事,时代如彼,对曾氏亦应论世知人。

当其显赫之时,正如长江上往来船只,无一艘不插曾氏旗号,他的一言一行,亦无不为人师法。其所著述,人手一编,众口一词,不敢异议。然仅至民国初年,新的学说兴起,革命者已视彼为粪土矣。因知伟人之言论,其价值,随时代之变化,或因其权势之消长,必有所升降。其升也迅,其降也速;其势也隆,其消也无声。万世不移,放之四海而皆准,乃夸张之说法。伟人之论如此,名人之论亦如此。在历史长河中,一种言论,一种学说的沉浮现象,是常见的。它是与时代要求,社会现象相关联的。但一种学说沉落之后,有机会再为浮起,无论如何,不会再有当年的声势和影响。对曾国藩的家书、家训,也要这样去看。

一九八七年九月二日写讫

三

"天津教案"列在本书的《绥柔》中一章。著者王定安记其梗概云：

> 同治九年五月二十五日，上谕曾国藩，著前赴天津，查办事件。初天津有奸民张拴、郭拐以妖术迷拐人口，知府张光藻、知县刘杰捕诛之。而桃花口民团，复获妖人武兰珍。兰珍迷拐幼孩李所，鞫讯得实。讪言受迷药于教民王三。闾阎大哗，疑西洋天主教堂所嗾，或言洋人抉幼孩目，剖其心为药料，城外义冢内尸骸暴露，皆教堂所弃。津民益怒，时相聚语谋报复。三口通商大臣崇厚檄天津道周家勋等，会法国领事官丰大业，至天主堂公讯。兰珍语言殊支离，案弗能决。适士民观者麇集，偶与教堂人有违言，抛砖石相击。丰大业负气，径至崇厚公署，诉其状。崇厚出见，以枪狙击不中。崇厚抚慰之，且戒勿轻出激民愤，弗从。恚愤出署，路遇杰，复以枪击之，误伤其仆。居民见者皆哗噪，殴丰大业毙焉。遂焚毁教堂洋房数处，教民及洋商死者数十人……

著者对这次事件的叙述，还是比较真实客观的，也很简练，头绪也清楚。在叙述中，又以夹注的形式，引用了当时天津知府张光藻写给曾国藩幕宾吴汝纶的信，详细地叙述了事件的经过,并在文字中透露了知府本人的看法。这是官场的一种手法,所谓先通关节,以便使即将来查办此案的曾国藩先入为主,听信他的报告。

但现任直隶总督的曾国藩，已经是久经仕宦的老奸巨猾,他所注意的不只是下情,更注意的是上情——即朝廷的意图。而朝廷的意图,又是常常变化的,对涉外的事件,尤其如此。掌握不好,不只于事无补,甚至会弄得身败名裂。所以,这次皇帝(实际是慈禧太后)叫他查办此案,对曾国藩来说,实在是一个大难关,关系他一生荣辱利害的大考验,大关键。

我有一部石印的《曾文正公手书日记》,不妨再利用一下。在日记第三十六册,五月十五日,他上了续病假的折子。但朝廷催得紧,他在二十六日记道:“廷寄派余赴天津查办事件。因病未痊愈,踌躇不决。”二十七日记道:“思往天津查办殴毙洋官之案,熟筹不得良策,至幕与吴执甫一商。”三十日记道:“天津洋务,十分棘手,不胜焦灼。”六月初二日记道:“余日内因法国之事,焦虑无已。”初三日记道:“将赴天津,恐有不测,拟写数条,以示二子。”六月初六日记道:“是日启行赴天津。”二十二日记道:“因奏请将府县交刑部治罪，忍心害理，愧恨之至。”二十四日记道：“崇帅来谈，夜接廷寄二件，罗使照会一件，阅之郁闷之至，绕室行走而已。”二十五日记道：“是日竟日昏睡，盖心绪烦闷，而病又作也。”七月十六日记道：“非刑拷讯习教人，坚嘱拿混星子及水火会。”八月十九日记道：“是日天津陈镇及委员二人，在余寓审案，敲搒之声，竟日不绝。”

在知府写给吴汝纶的信中，是痛爱自己的“子民”，反对崇厚的袒护教民和向洋人屈服的。但崇厚是旗人，又是当时执政的恭亲王手下的，洋务得力人士，曾国藩不得不分清轻重，分清去向。与崇厚这个有强硬后台的人，站在一边，当然是上策。他迁就法国公使罗淑亚的要求，奏请将府县交刑部治罪(罗淑亚的要求，是将天津府县抵命)。这样做不能不引起朝野的议论。朝廷固然害怕外国人，但一时也不好大伤人民爱国御侮之气，一直在观望，没有决心。曾国藩对朝廷最终还是要屈服于外人这一点，尤其明白。他洞悉清政府的实力空虚，外强中干，反复无常的习性。他下定决心：不惹恼外国人。他警告朝廷：自道光以来，对外常常是“先战后和”的，也就是先硬后软的。又说：现在外国还是强盛的。外国人是只重实力，不讲道理的。他先辩挖眼剖心之说，纯属谣言，然后捉拿凶犯，迅速结案。

王定安记述,当曾国藩初到天津,曾张榜通衢,“仰读书知理君子,悉心筹议。于是至公署条陈者,或欲借津民义愤,驱逐洋人;或欲联俄、英之交,以攻法国;或欲调集兵勇,以为应敌之师。公既谕津民不许擅起兵端,其致崇厚书,有祸则同当,谤则同分之语。报友人则云:宁可得罪于清议,不敢贻忧于君父。”

这就是说,他不听或没心思听,群众那些很正确很有见地的建议,而是一心一意保定清王朝,也就是保定他自己的官帽。

此案,“正法之犯二十人,军徒各犯二十五人”。其中有冯瘸子、罗生瓜旦子、小锥王五等名号。多系拷打成招,即所谓“但取情节较真,不能拘守成例”,变通办理,而定案的。其结果,曾国藩自己承认:“民气既已大伤,和局仍多不协,不能不鳃鳃过虑也。”

人民反抗的骚乱,表面被压制下去了。但人民的愤怒之火,不会因压制而熄灭。压制越重,复燃之势也越凶。它种下了义和团兴起之火。

耕堂曰:平心而论,外交固以国势强弱为准。然清王朝何以衰败至此,还不是因为连年剿杀过多,使国家菁英,陷于无类。曾、左、胡、李,实参与执行,尚望此等人,珍视民气、民心?此次所开外交模式,不只为以后李鸿章、袁世凯所重蹈,民国以后之外交亦因循之。呜呼,实国家民族深重灾难之源也。曾国藩复郭筠仙中丞书:“然古来和戎,持圆之说者,例为当世所讥,尤为史官所贬,智者有戒心焉。”其内心矛盾,自亦可见。然利令智昏,遂使有些中国人,在外国人面前,低三下四,恬不知耻矣。

一九八七年九月八日写讫

买《汉魏六朝名家集》记

之　一

这只是初刻，共四十家，分装三十册。起汉枚叔，迄隋炀帝。续刻七十家，未见，恐未出书也。

此书为丁福保字仲祜(一八七四——一九五二)编辑。丁氏原学医，在上海开办医学书局，他印的医书，我未见过，却购置了他编印的几种文学书。除此书外，有《全汉三国晋南北朝诗》，《唐诗纪事》，《历代诗话》。另买关于古钱的书两种。他还印一些有关佛学的书。

他好像有些资财，从他的笔记中看到，袁世凯的二公子袁克文的一些古籍、古钱，都抵押在他手中。

当然，除去有钱，他还是个有学问的人，不然，就只能印书，不能编书；或所印之书，也都是乌七八糟，坑骗读者之物了。

鲁迅先生,曾经对他编印的书,表示满意。他在写给王冶秋的一封信中说，如果想买严可均的全上古……六朝文,还不如买一部丁福保的《汉魏六朝名家集》,既简便又实用。

我就是按照先生的意见,买这部书的。书很新,粉连纸,四号字排印。扉页标明:宣统三年七月出版,上海文明书局发行。盖较后印行之本也。

丁氏曾就读于南菁书院,学有渊源,很是用功。从他为此书和其他著述所撰绪言中，可以看出，他的治学方法,是很严肃的。趣味学识,是很广博的。作为一个出版家,印的书虽不甚多,却给读书界、出版界,留下了很深的印象。较之那种唯利是图,无视社会效益的书店老板,实不可同日而语。

在丁氏之前,汇集古人文章成集,系统编为大书,已有张燮所辑七十二家集;梅鼎祚所辑文纪;张溥所辑一百三家;严可均所辑全上古……六朝文。皆因卷帙浩繁,价钱昂贵,购置阅读,均有不便,流传不广。丁氏此编,书型小巧,排印清楚,价钱为中人所及,(据丁氏自撰长篇广告,此书定价十元,实价五元。)销路可观。书存至今,已成古籍,余甚爱之。

在前人基础上，再出新编，就不能不指出前人的一些缺点，及自己的一些优长。丁氏也不能免俗。他在绪言中，特别指摘了张溥所编中的一些错误。其实，也只是枝节，张氏的劳绩，不会因此而被忽视的。

又如从史书、类书辑录残篇断简，零章短句，勉强成篇或成集，是鲁迅先生指出的严可均书中的现象。而丁氏书中，这些现象也存在，他是参考了严书的目录而后成书的。如第一册，枚叔、司马长卿、司马子长，三个人的文章，才薄薄一册。司马子长只有文章四篇，一共四页。能称为集吗？再就是有些作家的文集，过去已有成书，并有序跋，方便读者。丁氏多删汰不录，也是一个缺点。当然，以上所指，也是枝节，不能淹没他的劳绩。

丁书在编辑上的好处是：在全书之前，冠以初刻四十家姓氏录，实为作家小传。每集之前，又有作家在史书上的本传，或录四库全书的提要，这就弥补了序、跋缺少的缺陷。

今人对作品的介绍，请作者自述，多阴阳怪气，放荡无根之言，识者笑之，不识者，以为狂徒。编者代言，亦多不着边际，无关痛痒之词，等于没说。此盖一时风气所致，古籍序跋中,从未见也。

此书既出版于“宣统三年”,则正当民国成立,一切都在变革之时。文运亦然。丁氏在绪言结尾,有一段牢骚文字,抄录于下:

> 窥情万象之际,留连视听之区,既与世而推移,亦随文而升降矣。今者,欧美东渐,变革将及乎文字,附之以东瀛学派,名词既别,涂辙遂殊。舍雅而就郑,将长此滔滔而不返乎?或天未丧文,如昌黎蔚起于巨唐,振八代之衰,而远宗扬马,亦未可知也。嗟乎!湘绮一老,将税驾于桑榆;桐城吴氏,倏已拱乎墓木。茫茫来哲,渺渺予怀,才难然乎?非所逆睹已!

其言词心态,可以说是很伤感的了。其实是一种杞忧。文运如天运,总是向前运行的。阻止新生,既不可能,废弃旧有,也是妄想。高山流水,汇细流而成江河。细流可断,江河之流,万古不断。湘绮何人,吴氏何功?“五四”以来,文学之域,不乏昌黎之才,且有过之。应对前景乐观,不应以泥沙泛起,鱼龙混杂,而疑江河澎湃之势,冲击之力。腐草朽木,浮萍野鹜,终有被淘汰澄清之一日。久处湖海,惯游江河者，固无须望而生畏，更无须悲观也。

虽然如此，历史江河，并不淹没真正之人才。时至今日，昌黎自昌黎，固无论矣。即王湘绮、桐城吴氏，亦自有其文学历史地位，并不因欧化、白话，陈独秀、胡适，而消减其影响。后之视今，亦犹今之视昔。此天地公平，虽有倾倚，不失允正，非以私心邪念作转移之规律也。

丁氏所谓："大辂讵有椎轮之质，子孙宁留祖父之容"，既不合乎自然规律，也不合乎历史规律。文学总是向前发展的，也总是带有前人的成分的。

一九八七年十一月二十四日

之　二

前几年，写过一篇读北齐颜之推所著《颜氏家训·文章篇》的笔记，文章收在《秀露集》。近读《汉魏六朝名家集》，每集之前，附有作家本传。我是先读他们的传记，然后再读他们的文章的，就是先知其行事和为人。发现过去那篇读书记，意犹未尽，仍待发挥。今日，雨中无事，室内颇静，乃于灯下，对照颜之所指与本传史实，颇多出入，以知文字之事,实难于求是也。

一、颜说:“班固盗窃父史。”

《后汉书》本传:

> 父彪卒,归郧里。固以彪所续前史未详,乃潜精研思,欲就其业。

这是子继父业,和司马迁作《史记》的情况是一样的。在过去,这是一种文人美德,怎么能说是“盗窃”?

班固后来得祸的原因是:他依附大将军窦宪,窦败免官。固对子弟、奴仆,教管不严,多有非法,得罪过洛阳令。及固失势,洛阳令把他逮考,遂死于狱中。

历史文人,多有为地方官所苦者,唐之陈子昂,遭遇与固相似。

二、颜说:“扬雄德败美新。”

这是指,扬雄写过一篇题为《剧秦美新》的歌颂王莽的文章。

前汉书扬雄传,没有提到这篇文章,后来还有人为他辩诬讼枉,说他没有仕莽经历。

前汉书对扬雄的描述,是很客观的:

雄少而好学，不为章句，训诂通而已，博览无所不见。为人简易佚荡，口吃不能剧谈，默而好深湛之思。清静无为，少嗜欲。不汲汲于富贵，不戚戚于贫贱，不修廉隅以徼名当世。家产不过十金，乏无儋石之储，晏如也。自有大度，非圣哲之书不好也，非其意，虽富贵不事也。

又说：

及莽篡位，谈说之士，用符命，称功德，获封爵者甚众，雄复不侯，以耆老久次，转为大夫，恬于势利乃如是。

这样一个人，后来竟牵连到政治事件中，并投阁企图自杀，还留下一个恶名。

京师为之语曰：惟寂寞，自投阁；爱清静，作符命。

这是什么道理呢？当然，和他的性格有关。前面所引“简易佚荡”，和他在《剧秦美新》一文中自称：“臣常有颠眴病，恐一旦先犬马填沟壑，所怀不章，长恨黄泉，敢竭肝胆，写腹心,作剧秦美新一篇。”可以看出,他虽有高尚之心,好古而乐道,但缺乏操守之志。看到周围的人,升官晋爵,名利双收,他也就不甘寂寞,跃跃欲试,献文一篇,取悦王莽。

这种情况,在“四人帮”炙手可热,不可一日之时,并不陌生。类似《剧秦美新》之作,也并不少,时至今日,仍从旧日报刊上,常常见到。那些言词的卑污,心态的可耻,较之古人,真可以说是“踵事而增华,变本而加厉”。

我读了扬雄这篇《剧秦美新》,虽不甚懂,感到也不过是一篇歌颂新朝新帝的应酬文字,并没有多大的“政治问题”。就因为他歌颂的是王莽,所以永远背上了黑锅。

至于那些直接间接,委曲、婉转或借古谕今,或将今比古,向“四人帮”献媚献策的文章,戏剧,诗词,小说,多数将作为失误,用覆酱瓶。少数出自名人之手,以后是否被人写入本传,编入本集,就难说了。

从传记里看到,扬雄是个可笑的人物,也是个可爱的人物。他的著作,当然不会因为一篇“美新”,失去全部价值。我还有一本他著的《法言》,四部丛刊本。

《法言》之十三为孝至。其文曰:“孝莫大于宁亲,宁亲莫大于宁神,宁神莫大于四表之欢心。”

我很欣赏这几句话,愿家有老亲者,深思而力行之,这是孝的最高境界。扬氏著作,言词古奥艰深,然其切合实际,有见有识,类多如此。

三、颜说:“蔡伯喈同恶受诛。”

这是指他和董卓的关系。《后汉书》本传:

> 中平六年,灵帝崩,董卓为司空,闻邕(伯喈名)名高,辟之,称疾不就。卓大怒,詈曰:我力能族人,蔡邕虽偃蹇者不旋踵矣!又切敕州郡举邕诣府,邕不得已到……
>
> 及卓被诛,邕在司徒王允坐,殊不意言之而叹,有动于色。允勃然叱之曰:董卓国之大贼,几倾汉室,君为王臣,所宜同忿,而怀其私遇,以忘大节。今天诛有罪,而反相伤痛,岂不共为逆哉,即收付廷尉治罪。

蔡伯喈为董卓逼迫,到他那里做了一些事,中间还曾想逃走。可是当董卓死后,他又为他叹了一口气,遇见了王允这种随便加人以罪名的“司徒”,就把老命送了。

《后汉书》的作者,在传后,写了一段“论”,对蔡伯喈一生的流离坎坷,不幸遭遇,三致意焉,是一段很有感情的文字。

蔡的事迹，还被编为盲词戏曲，千古流传。

文士依附权贵，凶多吉少，多有教训，蔡氏当明此义。既为所迫，迫者已死，即当离去。何以又坐在新的权贵面前，发出叹声？是感情冲动吗？

四、颜说："刘桢屈强输作。"

《三国志》本传：

> 其后太子尝请诸文学，酒酣坐欢，命夫人甄氏出拜，坐中众人咸伏，而桢独平视。太祖闻之，乃收桢。桢以不敬竟署吏，减死输作。

这个故事，蒲松龄曾写进《聊斋》。其实是件小事，也谈不上倔强不倔强。太子高兴，叫夫人出来和作家们相见，当然不是为了叫人们都伏下。如果都伏下，那又叫她出来干什么？刘桢可能少个心眼，没想到这是不能平视的，于是就获罪了。可怪的是，出面干涉的不是曹丕，而是曹操。他当然是从政治上考虑的。这与后来王勃的遭遇极相似。

《旧唐书·文苑传》：

> 沛王贤闻其名，召为沛府修撰，甚爱重之。诸王

斗鸡，互有胜负。勃戏为檄英王鸡文，高宗览之，怒曰：据此，是交构之渐。即日斥勃，不令入府。

一篇游戏文字，召来失业。高宗也是从政治上考虑的。

以上，是指颜之推，用寥寥几个字，概括作家的生平行事，多有言过其实之处。

一个人的幸与不幸，固有其个性的原因，但还有历史、环境、所遇，多种原因。也很难分清主次。颜之推为了教育子弟，强调一下个人修养，也是情有可原的。但忽视历史与客观的原因，则使不幸的作家，蒙冤更深，对子弟的处世，也没有好处。

一九八七年十一月二十八日

之　三

一

《颜氏家训·文章篇》：

夫文章者……朝廷宪章，军旅誓诰，敷显仁义，发明功德，牧民建国，施行多途。

古时，宦途和文途是不分的。文章写得好，就可以做官。封建王朝，长期以文章取士。唐宋以前，文学大家，都有官职。一边做官，一边写作。文章好，官声益隆；官越大，文章也更为人贵重。元明以后，渐渐有了不想做官，只想写文章的布衣、隐士。各人情况不同，也时有变化。观其主流，仍以做官为目的。

其实，做官、作文都好，主要根据自身的才能。做官，利民、教民的机会更多一些，效果也更大一些。但自从有了专业作家，为数虽甚少，却使宦途与文途时分时合。身在文途，自鸣清高，却不忘仕进；身在宦途，也不忘以文途为退身之路，失意之后，又拿起笔来。

这样，也就出现了文学与政治的关系问题，并在近代形成了文艺理论上的一大难题。有的文艺评论家，瘁毕生之力，反复谈论，也没有谈出人人同意的结果。

这是因为时代和环境，在不断推移。

二

古时文人，并不忌讳政治。历代作家，没有和政治发生过纠葛或牵连的,几乎没有。他们以居官为荣,立功立言并重。古文之一大宗为碑、传、序。这些文章,都以官衔为重,求文者如此,撰文者也都把自己的官职爵位,堂皇地列于文前或文后,读者也不以此为不清高。

民国以后,最初,还是这样。虽然封建形式的文章,减少了一些,但文人不轻视官职,仍如从前。即如鲁迅先生,也直截了当地说:“佥事这个官儿,并不区区。”对袁大总统颁发的文虎章,也写入日记。

对官职的轻视,和对政治的反感,是在军阀混战,以及北伐战争之后,因国事日非,官场黑暗,使人民失去了信心,才出现的。

左翼文学兴起,最初,很强调政治作用,革命者以为当然,社会上却有些阻力。三十年代初,出现了第三种人和自由人的文学。所谓自由人文学, 当时的理论家是胡秋原。他在上海神州国光社编辑刊物,提出的口号为“勿侵略文艺”。即政治不要干涉文艺。在论争时,他还使用了国骂:“管你什么屁党鸟派”。

其实,当时的神州国光社,也是有政治背景的。胡秋原在文化界出名之后, 不久就当上了十九路军发动组织的福建人民政府的委员。后来又当上了三青团的中央委员和国民党的中央委员。

这样就给人留下了一个印象:文人的言论、主张,和他的实际行动,常常是两回事。从文场进入官场,这是历代文人,无可争议的,一贯的醉心之路。这种道路,已经不是政治侵略文艺,而是文艺侵略政治了。

三

我们的文坛,在过分强调政治若干年之后,出现了反思,要淡化政治。因为政治体现在生活各力面,又提出淡化生活。也有人进一步提出:文学的起源,不是劳动;文学的基础,也不是生活。比当时自由人的主张,更倒退了好几步。当时的胡秋原,还是崇拜普列汉诺夫的,写过一部很厚的唯物史观艺术论。

过去大谈政治的文艺评论家,现在绝口不谈政治了。甚至也羞于谈深入生活, 不得已, 则请作家们去贴近现实。贴近当然比远离好,就像恋爱一样。但如果只是到赞助笔会资金的工厂去参观一下,接受一点纪念品,和经理一同照个相,这种贴近,必然还是两张皮。

在作品中,政治可以淡化,生活也可以淡化,但作家的生活欲望,不能淡化。他的衣食住行都要改善,要现代化。

住房，坐汽车，安电话，自己解决不了，还得给省长、市长写信求助。作品，希望得个头奖；团体，希望当个理事；室内，悬挂奖章、证书；机关，争取评上高级职称……这些都与政治有关，作家本身的政治，也淡化不了，而且，有越来越浓化之势。

作品品格的高下，不在作品里有没有政治，浓淡如何，而在于作者的用心。李斯的《谏逐客书》，贾谊的《过秦论》，诸葛亮的《出师表》，通篇都是政治，却是千古流传的名文。

其实，你愿意谈也好，不愿意谈也好，浓化也好，淡化也好，政治是永远不会忘怀文艺；文艺也不会忘怀政治的。

四

欲提高作品格调，必先淡化作家的名利思想。但这是很难的，不是每个人都能做到的。

《晋书·陆机传》：

> 夫贤之立身，以功名为本；士之居世，以富贵为先。然则荣利人之所贪，祸辱人之所恶。

陆机是东吴大将陆逊、陆抗的后代。但他不是一个将材,是一个真正的文材。他的诗文,不只在当时,而且在以后,也是无与伦比的。他入仕晋朝以后,不能绝意于功名,以文材而领受大将之职,忘其所以,全军覆没,自己被杀不算,还牵连上两个弟弟。

所以传记又接着说:

> 故居安保名,则君子处焉;冒危履贵,则哲士去焉,是知兰植中涂,必无经时之翠;桂生幽壑,终保弥年之丹。

这都是自相矛盾的话,也就是事后静观的话,与当事人的处境心情,常常是风马牛不相及的。

这些教训,不只在古代文书里,就是在陆氏昆仲的文集里,也不知说过多少遍了。为什么事到临头,不能起作用呢?这就是传记所叹息的:"睹其文章之诫,何知易而行难"了。

当时,一般的文人,最初,也不过做极小的官,如参军、记室、舍人等等。这都是依附权贵的官,安分守己,还好一些,不然一遇政治变化,就会受到牵连。如日常在待人上,在文字上，得罪的人多，危险就更大。

五

官做得最显赫的，莫如沈约。这人，好像很有做官的才能，会弄点权术。《梁书》本传，有一段精彩的描绘：

> 时高祖勋业既就，天人允属，约尝扣其端，高祖默而不应。他日又进曰……高祖曰：吾方思之。对曰：公初杖兵樊、沔，此时应思，今王业已就，何所复思？……高祖然之。约出，高祖召范云告之，云对略同约旨。高祖曰：智者乃尔暗同，卿明早将休文更来。云初语约，约曰：卿必待我。云许诺。而约先期入，高祖命草其事，约乃出怀中诏书，并诸选置，高祖初无所改。俄而云自外来，至殿门不得入，徘徊寿光阁外，但云咄咄！约出，问曰：何以见处？约举手向左。云笑曰：不乖所望。有顷，高祖召范云谓曰：生平与沈休文群居，不觉有异人处。今日才智纵横，可谓明识。云曰：公今知约，不异约今知公。

用简短文字，在谋划禅代的紧要关头，生动而活泼地写出三个做特大政治交易的人的嘴脸,不愧为史传杰作。最后所引范云的两句话,尤千古发人深思!《梁书》为唐姚思廉撰。

沈约虽以劝进之功,进爵三公,但结果亦不佳:

帝以其言不逊,欲抵其罪,徐勉固谏乃止。及闻赤章事,大怒。中使谴责者数焉。约惧,遂卒。

可见依附皇帝,也不保险。

在宦途上,最失败的,要算谢灵运。他本来不是做官的材料:“为性褊激,多愆礼度,朝廷唯以文义处之,不以应实相许。”这本来很好,可以尽情游山玩水,安心写作了。他却不认命,以为不见知,常怀愤愤,言行不检,到处招摇,得罪官吏,最后,竟以莫名其妙的罪名,被弃市了。

一九八七年十二月三日

书衣文录*

《建炎以来系年要录》

昨晚台上坐,闻树上鸟声甚美。起而觅之,仰望甚久。引来儿童,遂踊跃以弹弓射之。鸟不知远引,中二弹落地,伤头及腹。乃一虎皮鹦哥,甚可伤惜。此必人家所养逸出者。只嫌笼中天地小,不知外界有弹弓。鸟以声亡,虽不死我手,亦甚不怡。

一九七五年六月十三日

《古泉拓存上》

近日倦于执笔, 又念旧籍。昨日整理章氏丛书续编,几不知其所云。此一代大师,治学终生。然其文字,不及半

* 书衣文录是作者写在书皮纸上的文字,小标题是书名。

世纪，已无人问津矣。捆好放归原处。忽见此等拓印书，不解如前书，然可当画册看。

一九八〇年十二月二十四日

《仪顾堂题跋》

近为上海《解放日报》写幻华室藏书记，念及此书。

一九八一年一月十九日

《唐小本释氏碑廿种》

自本月中旬以来，以感冒及心情，不思写作，专取字帖观赏整理，对习字亦觉有所启发襄助也。

一九八二年三月二十四日

《红楼梦》

郭志刚寄赠。此乃校注本，余对之不抱奢望。即底本好，今日之编辑、校对，水平太低，而武断不负责任。近年标点出版之《三国志平话》，几不能读。任何古籍，当前如非影印，则甚难望其有任何佳处也。

一九八二年五月十日

《郭嵩焘日记》（第四卷）

王勉思、杨坚寄赠。如此大部书，甚贵重。中午食鸡，碎骨挤落一齿。

一九八四年一月十九日

《石屋续瀋》

金梅代购，上午陪吴泰昌等来舍，余以哈密瓜一枚招待之。作者为教育家，对淫秽小说，绿野仙踪，抨击甚力。

一九八五年十月六日

《通志略》

此书甚有用。版本小巧可爱，字虽小尚可读，中华所印。装毕十六册，速度超前矣。

一九八五年三月三日

《劝戒四录》一

装讫，共八册。近拟作中国旧小说中的劝惩一文,故及此书。所记虽迂腐,举例亦不当。然以诲淫诲盗为衣食手段之“小说家”,例应有所报应矣。

一九八五年一月十五日

《贯华堂水浒传》一

此书已成珍本无疑,用数日时间,包装二十四册毕。

一九八五年一月二十三日

此中亦有色情描写,然与当前之色情文学相比,其高明之处自见。大手笔,即写猥亵,亦非炫小才者,所能望及。

同日又记

《弘明集》上

春节疲甚,度新年如渡一难关。今日初四,明日则皆上班矣,可稍安乎?

一九八六年二月十二日

《兰亭论辩》

姜德明寄赠。德明信称：出版社库房爆满，将存书售给花炮作坊。此书只收三角，一杯酸牛奶价，较论斤更为便宜，然非熟人不能得。余复信称：书中每件插图，即可值三角，而插图共有六十五件之多。拿着文化开玩笑，可叹也。

一九八六年三月十日

《观沧阁藏魏齐造象记》

北齐天保四年曹普造象记：敬造佛象一躯，愿亡者去离三途，永超八难，上升天堂。皇帝陛下，居家眷属，咸臻上寿。茫茫三界，蠢蠢四生，同出苦门，果登正觉。

当时造象，都要先为当今皇帝，当地长官祝福。

除三界外，如三途，八难，四生(他记中尚有“永出六尘”字样)，余皆不明其具体内容。

一九八七年二月

《儿女英雄传》

此说部，余向无收藏。近知人文印有此本，乃致函季涤尘代觅一部。书已出版多年，不易得，后从处理书堆中，得一部。又恐邮寄有失，托人带来，并以书有污损为歉。季君为人持重负责，有老一辈编辑风范，盛情可感也。遂于灯下修整包装之。

鲁迅诗云，中国人，无聊才读书。文人著书写小说，亦多在“无聊”之时。曹雪芹，蒲松龄，文康，皆如是也。曹与文，身世略同，而其作品风格，相差甚远。此非经历之分，而是思想见识之异。

一九八七年二月七日

《知堂书话》

刘宗武赠。书价昂，拟酬谢之。

知堂晚年，多读乡贤之书，偏僻之书，多读琐碎小书，与青年时志趣迥异。都说他读书多，应加分析。所写读书记，无感情，无冷暖，无是非，无批评。平铺直叙，有首无尾。说是没有烟火气则可，说对人有用处，则不尽然。淡到这种程度,对人生的滋养,就有限了。这也可能是他晚年所追求的境界,所标榜的主张。实际是一种颓废现象,不足为读书之法也。

一九八七年一月三日

《倾盖集》

吕剑寄赠。余复信谓:弟喜读近人所作旧诗,然自身不习音律,偶有尝试,常常失韵,不敢再作。此册可作学习范本也。

在北京及青岛养病时,曾写了一些旧诗,“文革”中,老伴投之火炉。其他文字或可惜,诗稿之焚,从未在心中引起遗憾。

一九八五年四月四日

《集外集拾遗补编资料》

今日作小诗一首,题“作家之死”。天明时此题忽入脑海,不知何故。

一九八六年一月一日

《洛阳伽蓝记校释》

书前有永乐大典书影一页,内有“慕势诸郎”一词。引本书:齐土之民,风土浅薄,虚论高谈,专在荣利。太守初欲入境,皆怀砖扣首,以美其意。及其代下还家,以砖击之。言其向背,速于运掌。

这比“人一走茶就凉”,厉害多了。无怪人都愿去上任,不愿退休。

一九八七年三月

《挥麈录》

此书,余尚有丛书集成影津逮秘书本。

书内四三二条“王俊首岳侯状”,全用口语,叙述描绘,与宋人话本同。互相对证,确系当时市井语言也。此种语法,有很多延续于明人小说之中,至清而一变。

一九八七年四月

《太平御览》

余有此书，一九六三年印本，纸较劣然装订较佳。此系《蓝盾》编辑部所赠，该刊以登案例故事，颇赚钱，故赠品亦大方如此。此系一九八五年印本，纸较佳而装订较劣，系一中学师生承揽为之，书前已题字，推辞不得，无功受禄也。虽系重出之书，因贵重，亦不愿轻易送人。借此机会，愿能稍加浏览。余系穷学生出身，少年得书颇不易，在冷摊上，用几枚铜板，买两本旧杂志，犹视如珍宝。困乏之中，奋力自学，得稍有知识。今老矣，如此大部书，竟能拥有两部，亦可稍慰早年清寒之苦矣。

一九八六年九月二十五日(以上第一册)

此书原定价五十元，当时已视为昂贵。今定价为一百零四元九角，上升一倍，而供不应求，一般人不易购得。编辑部“假公”以“济私”，使有关人士亦得收藏之，恐怕仍是用者未必得，得者未必用。然较用名牌烟酒，文雅多矣。书籍成为一种物质，用来送人情拉关系，乃古时“书帕”之遗意，亦当前社会之新风也。

一九八六年九月二十五日下午(以上第二册)

六十年代初，国家经济困难，所印书籍，多用粗劣纸张。大部头书，如全唐诗，所用纸，红黄蓝白黑五色俱全，松软碎裂，形成一个时期的版本特色，无可如何也。该阶段，余购书最多。先买黑纸本，后遇白纸本，即再买一部，将黑纸者送人，邹明得惠不少。然如全唐诗、太平广记等大部书，即遇有白纸者，亦不便更换，故仍为杂色纸本，今已不计其黑白矣。此书用如此佳纸，漆面烫金，国家经济好转之验也。惜装订不讲求，纸页不齐，册型不整，且有破损之处。包装运输，尤为随便，是对文化事业仍不够重视，各个环节，尚未全面规划改善也。

一九八六年九月二十五日下午外有恶声，
心意不属(以上第三册)

《唐玄序集王羲之书金刚经》

去岁，为姜德明同志书一小幅，文曰："如露亦如电"。附注："余读佛经，只记此一语，晚年书之。"姜来信不明出处。余亦记忆不清，查所存几种佛经，均无此语。余对此等学问实无所知也。念前有柳公权书小字金刚经，语或出此。然前些年已同其他十余种字帖，赠与他人。皆遵同居者之命,以讨其欢心者。不久即仳离,所赠亦无谓。余之佛书,大半为石刻复制本,购买时,既想读经,又想用以习字也。

昨日偶见上海书籍广告,有此名目,乃托田晓明购买一册。晚间包装浏览,方知金刚经共有六译,而此乃删缀之本,非经书全文。又系拓片,装裱时有错裁误接之处,不能用作读本。然翻检至末尾,四句偈语,赫然在焉。失望之后,倍增欣喜。恐再遗忘,谨抄存之:

一切有为法　如梦幻泡影

如露亦如电　应作如是观

余为德明书此五字后,见一图片,鲁迅先生,曾为日本僧寮书此五字。余与先生在文字上能有一点同见与同好,实出偶然。然私心亦不免有所惊异矣。

昨晚修整此书,临近八时,调整收音机,听气象预报。忽闻关于精神文明之决议,正在播出。心情激动,聚神谛听。过去从未如此关心政治,晚年多虑,心情复杂,非一言言尽,慨然良久。

今日看小孩,颇疲乏,字写不好,心情亦不佳。

一九八六年九月二十九日晚记

致魏金波

金波同志:

你的两篇诗作我都读过了。我觉得你的诗写得是不错的,其优点是思想好,反映当前重要题材,并能运用群众语言,民间形式。在这些方面,成绩都是很显著的。

在缺点方面,我觉得在形式上,在语言上,还很有一般化的倾向,就是不够更集中,更突出,给人新鲜感觉少。《老相识——新战友》在这方面就好些。诗歌没有新鲜有力的形式、语言,是不能感人的。当然主要的是思想。

我很久不写东西,各方面都很落后,所提意见如有不妥之处,尚希不吝指正为盼。

敬礼

孙　犁

一九七二年六月十八日

致张义书

义书同志：

九月二十三日函敬悉。并收到你的诗稿。

我身体不很好,你的诗,我抽读了一部分。觉得你是很用功的,诗的感觉也很好,语言也有修养。今后努力,我认为应该多写新诗,即自由诗,少写旧体诗。写新诗时,再把语言求得自然一些,简练一些。目前你所作新诗,有时意境很好,但句子有时过于重复。重复有时必要,但过于重复则有伤节奏。旧体诗不好写,有时费很大力气,收效不多。目前以多写新体诗为主最好。

匆复　祝

好

孙　犁

一九七三年九月二十六日

致万振环

振环同志：

前后来信及寄来报纸均收见，非常感谢！

发表的拙作，几乎没有错字，这一方面是你们校对工作细致，另一方面是你对我的行文和字体，都比较熟悉了，这是很使人高兴的事。

《照相续谈》中有一句："官衔高而得奖重者……"重字排为金字，这是因为我写得"重"字很像"金"字，文义上也讲得通，所以并不算错。

我近来身体又不大好，没写文章。所以恐怕要空一个时期，才能给你寄东西去。那两篇稿子，也没有时间性，早发晚发，是没有要紧的。

祝

编安

犁

一九八六年五月十六日

致何流

何流同志：

四月十日大函及剪报收到，甚为感谢。

那篇文字，确是抄袭，是明目张胆的抄袭，也是拙笨的抄袭。他只是把个别字句变了一下，如把“参军”变为“致富”，把“编席”变为“编筐”。

但要我“站出来，说几句话”，我看就不必了。我一贯反对抄袭，也常说：青年人初弄文字，偶一犯之，也难避免，明白以后，不再犯也就是了。我也一贯不赞成，明明是抄袭，却想出些道道替他开脱，如“套用”呀，“偶合”呀。因为文字是否抄的，是一眼就可以看出的，越开脱越不带劲。对谁也没有好处。

至于编辑为什么看不出来，也是情有可原的，例如天下文章多，编辑哪里都记得住？大手脚的从外文抄，小手脚的从旧书刊抄，都以为是人们所不易发现的。这位同志则笨一些，抄现行课本上的，你是当老师的，一眼就看出来了。编辑同志可能没读过被抄之作，也可能是读过忘记了。这也说明：我的作品，没能做到家喻户晓，深入人心。我们都予以原谅吧。我看了以后，最初觉得有趣：抗日战士一下变为致富能手。最后觉得抄袭之风，总刹不住，是有很多原因的。好在这也不影响国计民生，对我也不算什么损失。希望这位同志也作为一次“失误”，慢慢觉悟吧。我年老多病，什么事情也淡然了，所谈如有不妥之处，望你多体谅。

祝

教安！

孙　犁

一九八六年五月二十一月

致张志民

志民同志：

七月二十九日信收到，非常感谢。

我每年写一、两首诗，其实也只是分行的散文或杂文。七月份忽然诗兴大发，一连写了两首，也算是一种抒怀，就想寄给你看看，知我心情。

我一切如常，写作较前几年少多了，也不想再写什么，好像已经写完了。

希望你注意身体，工作事以超然物外为佳法。

祝

全家安好

犁

一九八六年八月三日

致吕剑

吕剑同志：

五月号诗刊，兄之大作后一首，系弟所作，望便中一读赐教。去年曾请兄对《眼睛》一诗，发表意见，未见回音，想或不以为然耳。弟好读诗刊，每年习作一首，然甚板滞，无法改变，甚以为苦。

兄作已读过，灵活韵远，工力感情，贯穿始终，非弟粗糙浮浅所敢望也。

祝

近安

犁

五月二十三日

致郭志刚

志刚同志：

久未通信，甚以为念。前承厚意，已命小女见面时道谢，并呈上小书一册，想已收到矣。

今日读到文学评论(二十五)上所刊之大作，忘记以前是否读过原稿，此次是认真读了一遍。我以为写得很好。主要是摆脱了一般就文论文的写法，开拓了一些新路。拙作本身虽不一定能如所论，但作为评论家，这些思考与探索，对各方面都是有好处的，特别是阐扬作品的积极含义方面，对读者有很大的启发作用。

读后高兴，略致数语。

祝

著安

犁

六月五日

致姜德明

德明同志：

五月九日大函及惠赠卡片，均收悉，甚为感谢。

我用纸条做笔记惯了，见到如此讲究的卡片，只好珍藏起来，实在不敢用它。

关于“书市风景”一书，你的想法，我完全同意，这个工作很有意义，所选拙作篇目，也很妥当，并致感谢之情。

外出则写些散文，家居则写些读书札记之类，这一办法，我很赞成。但我不外出，所以就要多写些读书随笔。然近日所作甚少，羊城(晚报)陆续发几篇，便中希注意及之。

你同袁鹰同志什么时候莅津，望到舍下一叙。

祝

好

犁

五月十三日

德明同志：

六月八日大函及惠寄字帖两种，均收到，甚为感谢。其中苏孝慈志，过去未见过，出土较晚，字体完好，为隋碑中之可爱者。

读字帖，过去不解其妙处。老年始觉到：实亦安心定性之一途径。金石之学，永久不衰，学者得其精，以成著述。吾等外行人，得其余韵，以养心性。古人作此，以遗后人，未曾想到之另一妙用也。

祝

夏安

犁

一九八六年六月十七日

德明同志：

来信及书目收见，甚为感谢！

月前又犯腹泻一次，实在麻烦。医生仍定为肠炎，然老年患此，究非佳兆。幸近未再犯，身体亦在恢复，希释念耳。

本月共作“芸斋小说”三篇，或可在《羊城晚报》陆续发表。散文一篇，已寄《光明日报》，题为：《鸡叫》。

阅书目,近之所谓古籍,多系利用旧板刷印,正如元代之刷宋板,仍可称为宋版书。然价奇昂,实买不起。如《藕香零拾丛书》,我买时三十元,今书目定为三百五十元。所以你买的诗集,涨价还算是少的。

祝

近安

犁

一九八七年四月二十日

德明同志:

七月二十日大函奉悉。

统计了一下,芸斋小说共有二十二篇,每篇最多二千字。恐怕还要写十来篇才可。

大作,已从头读至林淡秋,以为很好,我很爱看。一是通过作者与这些人的特殊交往来写的, 一是有什么就写什么,很自然。我主张,这种文字,最好多写人不经心的小事,避去人所共知的大事。

近日大热,想北京亦然。

祝

好!

犁

七月二十二日

德明同志：

七月三十一日大函及剪报顷收到。我的琐碎文字，蒙兄郑重编排评介如此，且感且愧！

这里室温三十四度，已连续数日矣。今日稍有风雨，降低一些，太反常了。

蝈蝈，天津今年是四角一个，且有本地青皮，欺压乡下人，强行“承包”，与西瓜同售者。

今年我才知道，这玩意儿好吃大米饭，过去，我都是喂它丝瓜花和菜叶，因有污染，常常死去。米饭则既方便又安全，特为同好介绍之。余幼年即喜养此物，常于酷暑季节，伫立谷地，屈十指互擦作响，以引逗之，然后循其鸣声，蹑手蹑脚，四处观望，捕得一只，已满头大汗。

祝

好！

犁

八月一日

德明同志：

十月十日函敬悉。我完全同意你对散文选的想法。这几年你对散文的提倡和推动，是尽了有目共睹之力的。

我这里一到冬季，事情就多起来，精神就坏起来，病也就来了。大院又有变动，这次如果有合适的房子，真的要搬家了。

前几天编了一本集子，寄给涤尘同志，字数恐怕不够，但也只好先交去，以免措手不及。书名为《无为集》。

祝

好！

犁

十月十九日

德明同志：

顷奉十一月十日手书。对拙作芸斋小说看法，正是我这两日忧虑处。弟此种文体，一写就是这样；一定要得罪人，而得罪的又多是朋友熟人，所以的确有点怯于执笔了。今年一气呵成七篇，自己已经负担沉重，是否短时再能写出，实在是个问题了。这对你虽然不是好消息，但我的心情，你是可以理解的。

我住的大院,已改为报社发行处。现新购十辆邮送车,停于院内,每日调出调进,比公共汽车终点站还热闹,什么事也做不成了。

散步的路子,也堵塞了,院内空气,也污染了。闭门读书,也读不下去了。而搬家之事,尚无定规,恐怕要到明年春季,才有希望。但我还是想泰然处之的,勿念。

祝

近好!

犁

十一月十二日

致郑云云

云云同志:

你的来信和寄稿来时,钟铮同志的附信早已收到。直到今天,我才读了你的六篇文章,实在抱歉得很。我年老多病,精力很差,请你原谅。

在这六篇散文中,比较起来,我以为《祭》和《金色的骆驼毛》为最好。在发表件上,印的是《骆驼》,不知何意。

你的文字很好,感触也敏捷,文章是写得很好的。努力写下去就是了,不要过多地考虑外界的意见。不过,为了不辜负你和钟同志的盛情,我提一点意见,请你参考。

你的散文,有些飘浮,这在年轻人是免不掉的。有些写法,类似小说,也类似散文诗。我是老头脑,以为散文还应该写得实一些。即取材要实,表现手法也要实。就是写实际的事情,用实际的笔墨。中国传统的散文,都是如此,你如有兴致,可以多读一些中国古典散文作品。

不要求多,在非写不可的时候再写。平时可多想想。

看来,你很用功,稿子抄写得清洁整齐,我读起来很愉快。稿子因邮寄不便,暂存我处,如你需要,可随时来信,我再寄出。

祝

好,并向钟铮同志致意!

孙　犁

一九八六年十二月六日

致张根生

根生同志：

多年不见，时常念及。杨国源同志带来大函，敬悉一切。

我自入城以来，时常患病，近来因脑血管疾病，已很少出门。

抗日战争材料，亟应抓紧整理。我的看法是当前应采取“各自为战”的办法，由老同志回忆，找手下的人记录。有了材料，再征求别人意见，充实修正。不要搞大摊子，也不要总是开会，那样旷日持久，搞不出具体东西。有了完整些的材料，再在这个基础上写电影脚本。这个看法，不知合适否？请你考虑。

因为身体关系，安平之行恐怕不能去了，实在遗憾。

这些年，虽未见面，但时常听到你的消息，知一切顺利,非常高兴。

祝

全家安好

孙　犁

一九八二年二月十日

致侯军

侯军同志：

读过了你的来信，非常感动。看来，青年人的一些想法，思考，分析，探索，就是敏锐。我很高兴，认为是读了一篇使人快意的文章。

这并不是说，你在信中，对我作了一些称许，或过高的评价。是因为从这封信，使我看到了：确实有些青年同志，是在那里默默地、孜孜不倦地读书做学问，研究一些实际问题。

我很多年不研究这些问题了，报告文学作品读得更少。年老多病，头脑迟钝，有时还有些麻木感。谈起话来，有时是辞不达意，有时是语无伦次。我很怕谈论学术问题。所以，我建议：我们先不要座谈了，有什么问题，你可以写信问我，我会及时答复的。

关于你在这封信上提出的几个问题，我完全同意你的看法，你的推论，和你打算的做法。希望你以实事求是的精神，广泛阅览材料，然后细心判断，写出这篇研究文章。这对我来说，也是会有教益的。

你的来信，不知能否在《报告文学》上发表一下，也是对这一文体的一种助兴之举。请你考虑。原信附上备用。

祝

好！

孙　犁

十一月十三日

致韩映山

映山同志：

四月二十七日惠函敬悉。照片很好。

我今年写东西也少了,原因很多,主要是觉得没有什么意思。但希望你还是多写,不要只写小说,可以写些散文,评论,感想之类,以便思想和手,都不致于生疏,不知你以为如何?

前寄大星字条一件,不知收到没有?

祝

好

犁

一九八五年四月三十日

映山同志：

七月二十六日信收到。你写那种文章(指印象记),最好把你见到的我性格上的缺点,也写进去,这样你的文章,就有了不同一般的性质。不要单纯歌颂,那样是站不住脚的。这是我对你最有用的建议。

入夏以来,庭院大乱,我什么也干不了。每天下午读古文一篇,以定心驱暑,效果很好。

那部印谱的作者名陈师曾。

我给你和大星的字幅,都写得不好,且有失误,是送你们玩的,裱就很不值得了。

祝

好

犁

七月二十八日下午

映山同志：

来信收到。今天收到房树民寄来的《中国青年报》,读了你写的《修书》。

我觉得写的很好,有些真实感。写这种文章,最怕添油加醋,也怕只讲道理。主要应写被记的人的言与行。而且最好是多记些无关重要的小事，从中表现出他的为人做事的个性来。例如你记的，我要为你修书的一段就很好，很有风趣。

我是无足记述的。自己也不愿写回忆录，发表的《善闇室纪年》，也是寥寥数语，一年就过去了。甚至一年之中，连寥寥数语也无。为了不给你泼冷水，故作鼓励之词如上。

不好发表，是可以想到的。现在文章，一是要看谁写，二是要看写谁。我和你，都不是时兴的人物。

不过，最近几天，见到和听到一些有影响的理论家、批评家的言论，又在作大幅度的转动，强调现实主义和中国传统了。

祝

全家安好

犁

十月二日

映山同志：

前后来信及剪报，均收到。几篇散文都看过了。以《书法》《赠书》两篇为佳，因较真实而具体。

今年很冷，我精力衰减，已经有很多日子不动笔了。老年问题很多,心情也不佳。

希望你多写些散文。

祝

全家安好

犁

十二月十七日

致季涤尘

涤尘同志：

四月十五日惠函奉悉，甚为感谢。

我从春节患腹泻，时好时犯。每犯泻六七次，元气大伤。月前又犯一次，甚为麻烦。医生仍定为肠炎。病因，一、食物不洁，二、天凉，三、老年肠胃功能减退。后未再犯，身体亦在恢复中，敬祈释念为盼。

寄来的《儿女英雄传》，又看了一些。过去，此书，我不太重视，近感还是很好的一部作品，从中可以学习到不少东西。

祝您

身体健康！

孙　犁

一九八七年四月二十日

致李淑娟

淑娟同志：

来信及稿件收到。

因身体关系，我选读了两篇。觉得你的散文写得细腻活泼，表现了农村现代生活，充满乐观气氛，读后使人很感愉快。

如果谈些希望，则是可以再把文章写得简练一些，含义深一些，留些回味余地。

剪报托报社寄还。

祝

好！

孙　犁

一九八七年六月六日

致葛文

葛文同志：

你的小说稿寄来很多日子了，我现在才集中时间给你看完，这是因为这些日子我这里很杂乱，希望能得到你的原谅。

就谈谈我对这部小说的意见吧。我觉得，小说的内容是很充实的，生活是真实的，丰富的。小说的整个结构也是完整的，好的。几个主要人物的性格是明朗的，他们之间的关系是有机的。这是小说的优点之处。

它的缺点在于：虽然结构的大体是构成了，但是在细节上没有很好展开描写，有些情节是轻重不分的，因而就有些地方显得重复了(例如农民对社×骚动)。中农张老海的性格写得不够完整，有些地方显得矛盾(不突出)。×文中的性格没有更作突出的描写。其他人物也大体如此。在语言文字上,还需要修改,充实,洗炼。有些地方的对话公式化,概念化。

总起来说,我觉得这部作品,经过你的修改、充实,可以成为一部很好的作品,我希望你能慢慢的想它,改它,不要放下,不要气馁。

问田间同志好,他近来发表了很多很好的文章,我很兴奋地读了。

专此

敬礼!

孙　犁

三月十七日晚

按:此信写于一九五五年,两处×系复制时漏失之字。

致潘之汀

之汀同志：

前后来信及稿件，均收到。

我看过四篇原稿后，即介绍给《天津日报》的《文艺》双月刊，他们决定后，即会通知你的，望勿念。

你的散文，写得真实朴素，语言也流利生动，且时有余韵，我很喜欢。望多写一些吧。其余稿件，俟我从容阅读后，再告。

匆祝

全家安好

孙　犁

一九八四年一月十二日

致程林

程林同志：

大函奉悉，甚为感谢。

我那篇似是而非的小说，写得并不好。然尊见实深得我意，不足为外人道也。

我年老多病，近年写作已很少，偶有所为，实已无当年意气矣。这一点，你是看得很清楚的。

专复，候

教安

孙　犁

一九八六年九月二十一日

致关国栋

国栋同志：

顷奉十二月十三日大札，敬悉。隆情盛意，甚为感谢！

弟年老多病，脑血管疾病严重，不能出门，近些年囿于庭院，哪里也没有去过。此次，贵处举行盛会，闻之鼓舞，本来是很想去看看老朋友们，但仍碍于现状，只能心向往之，请您体谅。并借此机会，问候参加会议的新老朋友，诚挚地向大会祝贺，希望取得重大成功！

前高风同志来津，曾向他打听阁下近况，知安善，甚以为慰。望多联系，弟在贵报献丑文字，希多指正。

祝

好！

孙　犁

十二月十七日

致冯界

冯界同志：

元月二十七日惠函，今日拜读。深情厚意，甚为感谢！见解高明，颇受教益。

我年老多病，偶尔作文消遣，毫无章法体系。文坛回忆文字，多有妨碍，故很少为之。只是写些个人的回忆及感想。

今年初，又患重病，至今尚未恢复，捧读大函，感喟良深。然以体力，仍愧简复，至希见谅为荷。

祝

春安

孙　犁

一九八七年二月十三日

致周尊攘

尊攘同志：

二月七日惠函，今日收悉。借知近况，非常高兴。

弟自去年以来，身体一直不好，今年初，又患重病一次，至今尚未恢复。文章一事，甚难言矣。但有成作，定当寄请指正。“文汇”文债，也是这个原因，一直未偿，如与嵇伟同志通信，望代解释为盼。

弟以年老，外出不便，远地旅行，更有困难，所以深圳是一时去不成了。

专复，祝

春安！

孙 犁

二月十三日

致范政浩

政浩同志:

接读七月二十日来函,知贵社继续编印文学大系,非常高兴,并预祝成功!

关于写导言一事,本应尽力,但实际上有很多困难。我年老多病,视力不佳,看不了那么多的作品。今年身体情况,尤其不好。考虑再三,只好如实告知,敬希鉴谅为幸。望改请其他同志,以免临时误事。

专复,祝

好!

孙　犁

七月二十七日

致陈静

陈静同志：

接到来信和文稿。当即选读了一篇散文和一篇小说。

我觉得你的文笔很秀丽，感觉很细腻，是很有写作前途的，望继续努力。多读古典名著，多观察农民生活。

以后的文章，可以写得更自然一些，更通俗易懂一些。不知你的意见如何？望你参考。

我有病，视力也不好，别的稿子暂时就不看了，望你原谅。文稿托报社寄还。

祝

好！

孙　犁

十月十二日

致某函授中心

函授中心：

读书：不分古今中外，多方面借鉴、吸收。写作：不分小说、散文、戏剧、诗歌，什么都练。待人：不分贫富、贤愚，各行各业，都交朋友。识物：一物不知，儒者之耻。多识鸟兽虫鱼之名。孔子多能鄙事，我们也不要把作家看作高人一等。以上，很多是我没有做到的，是晚年的忏悔之辞，寄希望于敬爱的青年朋友们。

孙　犁

一九八六年三月二十七日

给田间的两封信

田间兄：

三月从中央局来信收到。前些日我到安新一带去了一趟,当记者写了几篇通讯,现在回来校印文学入门(即前所写区村文学课本),过两天印成即寄赠一本,看看后送人吧。

你时刻关心我。我应该记得你时刻对我的关心。从去年回来,我总是精神很不好。检讨它的原因,主要是自己不振作,好思虑,同时因为生活的不正规和缺乏注意,身体也比以前坏。这是很不应该的,因此也就越苦痛。我应该根据你的提示做去,把生活正规起来,振作精神——这样使精神集中起来,也能工作,身体也会好起来。

关于创作,说是苦闷,也不尽然。总之是现在没有以前那股劲了,写作的要求很差。这主要是不知怎么自己有这么一种定见了:我没有希望。原因是生活和斗争都太空虚。

你针对这点鼓励我。我一定要努力克服这种心情,就是逐渐打开生活的范围。我说逐渐——你不要见笑,老毛病。

如果说创作的苦闷,那完全是由于自己的不努力。不深入农村部队,我想就休谈创作,而借八年小小虚名写空头文章,自己不愿别人也不允。——干脆不写！就要做别的工作去,这是目前需要解决的问题,但又没有决心。这就是以往苦恼的情况。

但创作的苦闷在我并非主要的,而是不能集中精力工作,身体上的毛病,越来越显著,就使自己灰心丧气起来。

今后注意一下,我想会渐渐好起来。

至于其他,望你不要惦记。

希望给我写信。

敬礼并问

葛文同志好!

孙　犁

一九四六年四月十日

田间兄：

七月二十五日信收到了，前此惠寄的发动群众例说也收到了，这对我是很好的教材，我总觉得自己距离群众是太远了。

我编的平原杂志一、二期，各寄上一册，并八年编委会编的写作手册一本，以后如有新书当寄给你。

平原杂志实在不成样子，创刊之时，我想和你编的新群众遥遥相望，当时也不是没有想到办刊物的种种难处，主要是写稿的人少，而要求又纷杂，在这方面，我经验很少，但想到过去我们几次办刊物的结果，信心一直不高。但冀中实在缺乏读物，努力做下去而已。

关于我的写作，原定秋天抽三个月时间下乡，先写工作日记，后再创作，但杂志只我一个人，能否如愿，不能断定。如能下去，我想到白洋淀。这只是因为以前写了那么一个头，想再写一点。前几天又寄一篇东西给康濯，如能发表，望你看看。

一时没有定什么庞大计划的可能。

葛文的作品，我当找来看看。不过既有孩子，还是以照顾小孩为主，有时间就写一点，没有也就罢了。

我的身体还好，勿念。乡艺丛书，手头如有，望寄我一份。

敬礼！

孙　犁

一九四六年八月十六日

后　记

从二十岁起，开始与文字打交道，中间曾有几次停顿。文化大革命，可以说是停顿时间最长的一次，但也不是完全搁笔。运动初期，我以惜墨如金的笔意，每天对付二百字的检查，在措词取舍上，动了很多脑筋。运动后期，于一九七〇年起，我与远在江西乡下的一位女性通信，持续一年又半，共计十万余字。算是一次很有效的练笔机会。使我在“四人帮”垮台之后，重理旧业，得心应手，略无生涩。

此外，就是“解放”之后，以包裹旧书为消遣。先后写在书皮上的文字，也有五万。

呜呼，人既非英杰，又非奇才，别无扬眉吐气之路，写一点失败的情书，弄一点无聊的题跋，稍微舒散一下心气，也还是可以的。从业务上说，也算是曲不离口，弦不离手吧？

以后，出版了《晚华集》、《秀露集》、《澹定集》、《尺泽集》、《远道集》、《老荒集》、《陋巷集》。现在这一本，题名《无为集》。

这些，都是小书，每本十万字以上。其内容，包括几个大题目：耕堂散文，芸斋小说，芸斋琐谈，乡里旧闻，耕堂读书记，芸斋短简。也都是单薄小文，零碎文章。

从文风和内容上看，与我过去写的东西，都有所区别。这是无足奇怪的，我现在写不出以前那样的小说，正如以前写不出现在的文章一样。此关天意，非涉人事。

我的一生，是最没有远见和计划的。浑浑噩噩，听天由命而生存。自幼胸无大志，读书写作，不过为了谋求衣食。后来竟怀笔从戎，奔走争战之地；本来乡土观念很重，却一别数十载，且年老不归；生长农家，与牛马羊犬、高粱麦豆为伴侣，现在却身处大都市，日接繁嚣，无处躲避；本厌官场应酬，目前却不得不天天与那些闲散官儿，文艺官儿，过路官儿，交接揖让，听其言词，观其举止。本来以文艺为人生进步而作，现在翻开一本小说，打开一本杂志，就是女人衣服脱了又脱，乳房揣了又揣，身子贴了又贴，浪话讲了又讲。如果这个还能叫作文艺，那么倚门卖俏，站街拉客之流，岂非都成了作者？

人在青年,是不会想到晚年的,所见的是客观存在,谁也不能否认和掩饰。

有些感受,不能不反映到我近年的作品和议论之中。我极力协调这些感受,使它不致流于偏激。有人说,某人整天坐在家里骂人,太无聊了。无聊有之,骂人之心,确实没有。既不坐在家里骂人,也不跑到街上捧人。取眼之所见、身之所经为题材;以类型或典型之法去编写;以助人反思,教育后代为目的;以反映真相,汰除恩怨为箴铭。如此行文,尚能招怨,则非文章之过,乃世无是非之过也。

在文字工作上,也不是没有过错的。在进城初期所写的小说中,有的人名、地名,用得轻率,致使后来,追悔莫及。近期所写小说,虽对以上两点,有所警惕,在取材上,又犯有不能消化的毛病。使得有些情节,容易被人指责。这都是经验不足,考虑不周,有时是偷懒取便所致。文字一事,虚实之间,千变万化,有时甚至是阴错阳差,神遣鬼使。可不慎乎,可不慎乎!

我起书名,都是偶然想到,就字面着眼,别无他意。“无为”二字,与“无为而治”一词无关,与政治无关。无为就是无所作为,无能为力的意思。这是想到自己老了,既没有多少话好说,也没有多少事好写的,一种哀叹之词。也可以解释为,对自己一生没有成就的自责。也可以解释为,对余年的一种鞭策。总之,不是那么悲观,有些乐观的意思在内。

任我怎样不行,为书起个花哨俏丽的名儿,多想想,还是可以做到的。那样征订数就可以多一些。但我不愿那样做,这也是因为我老了,要说心里话,不愿再在头上插一朵鲜花,惹人发笑了。

一九八八年一月十二日